COLLECTION FOLIO

Raymond Queneau

Pierrot
mon ami

Gallimard

© *Éditions Gallimard, 1942.*

I

— Enlève donc tes lunettes, dit Tortose à Pierrot, enlève donc tes lunettes, si tu veux avoir la gueule de l'emploi.

Pierrot obéit et les rangea soigneusement dans leur étui. Il voyait encore à peu près à cinq mètres devant lui, mais la sortie du tonneau et les chaises des spectateurs se perdaient dans le brouillard.

— Alors, tu comprends, reprit Tortose — monsieur Tortose —, tu les prends quand elles arrivent au va-t-et-vient, tu les prends par les poignets, tu les maintiens solidement et puis tu les colles sur le courant d'air. Combien de temps tu dois les y laisser, ça c'est une matière de tact, c'est des cas d'espèce, faudra que tu apprennes. Bon. Maintenant on va répéter, c'est moi qui vais faire la femme, voilà, je m'amène par là, au va-t-et-vient comme de juste j'hésite, tu me prends par les poignets, c'est ça, et puis tu m'entraînes, ça va, et tu me colles sur le courant d'air, très bien. Vu ?

— Vu, monsieur Tortose.

— Alors, maintenant descends dehors avec

Petit-Pouce et Paradis et attends la clientèle. Compris ?

— Compris, monsieur Tortose.

Pierrot remit ses lunettes et alla retrouver Petit-Pouce et Paradis qui fumaient en silence. Il faisait encore jour, mais déjà crépusculairement ; avec une bonne petite moyenne au thermomètre, ça vous donnait l'envie de jouir du beau temps sans causer. Comme les autres, Pierrot alluma une cigarette. Des gens se baguenaudaient par les allées, mais ce n'était pas assez compact pour bien s'amuser. Seules, les autos électriques à ressorts commençaient à se tamponner sur la piste du Scooter Perdrix. Les autres manèges, quoique déserts encore, ronflaient du souffle de leurs orgues, et leurs musiques nostalgiques contribuaient certes à développer la vie intérieure des employés du Palace de la Rigolade. À sa caisse, Mme Tortose tricotait.

Couples et bandes, et, plus rares, des isolés, passaient et repassaient, toujours en état de dissémination, point encore agglomérés en foules, modérément rieurs. Petit-Pouce, qui avait fini sa cigarette, en écrasa la braise contre son talon, et du pouce et de l'index éjecta le mégot à distance appréciable.

— Alors, mon petit pote, dit-il à Pierrot, ça te dit quelque chose de bosser avec nous ?

— Pour le moment ça n'est pas trop fatigant.

— Oui, mais tu verras quand il sera minuit.

Paradis, se tournant vers Pierrot, dit à Petit-Pouce :

— C'est lui qui a fait soixante-sept mille sur un Coney-Island.

De tous les jeux de billes à un franc, le Coney-Island est le plus calé. Il faut vingt mille pour avoir droit à la partie gratuite, et rares sont ceux qui gagnent. Pierrot, lui, réussissait couramment les quarante mille, et une fois même, en présence de Paradis, soixante-sept mille, ce qui avait été l'origine de leurs relations.

— Ça m'est arrivé, dit Pierrot modestement.

— On verra ça ensemble, dit Petit-Pouce, parce que j'y tâte aussi un peu.

— Oh! tu peux t'aligner, dit Paradis qui faisait grand cas de Pierrot sans toutefois étendre son admiration au-delà du domaine des jeux de billes à un franc, où il est vrai, l'autre excellait. Cette amitié n'étant d'ailleurs vieille que de huit jours, il n'avait pas encore eu le temps, ni le souci, de s'intéresser aux autres aspects de la personnalité de son nouveau copain.

Il y avait maintenant dans l'Écureuil un solitaire qui s'évertuait à décrire une circonférence dans sa cage à trois francs le quart d'heure. L'Alpinic-Railway s'exerçait à gronder de ses wagonnets encore vides. Mais les manèges ne tournaient toujours pas, le dancing était désert, et les voyantes ne voyaient rien venir.

— Y a pas encore grand monde, dit Pierrot en essayant d'un sujet anodin, car il ne voulait pas que les éloges de Paradis amenassent Petit-Pouce à l'avoir dans le nez, lui Pierrot, et que sa petite tête, à lui Pierrot, finisse par ne plus lui revenir, oh! mais plus du tout, à lui Petit-

Pouce. De toute façon, Pierrot, qui avait eu une dure enfance, une pénible adolescence et une rude jeunesse (qui durait encore), et qui, en conséquence, savait comment va le monde, Pierrot était maintenant fixé sur un point : c'est qu'un jour ou l'autre entre lui et Petit-Pouce, ça ferait sans doute des étincelles, à moins que ça ne soit avec Paradis, sait-on jamais ?

— On verra ça, reprit Petit-Pouce qui ne perdait pas sa piste, car il aimait la compétition.

Il aurait continué à discuter le coup dans ce sens (celui des jeux de billes à un franc), si deux petites, se tenant par le bras et en quête de galants, n'avaient passé devant son nez.

— Celle de droite est bien, dit-il avec autorité. Un joli petit cheval.

— Alors, Mesdemoiselles, cria Paradis, vous ne vous offrez pas un tour de rigolade ?

— Approchez, Mesdemoiselles, hurla Petit-Pouce, approchez.

Elles firent un crochet et repassèrent devant le Palace, au plus près.

— Alors, Mesdemoiselles, dit Petit-Pouce, ça ne vous dit rien notre cabane ? Ah ! c'est qu'on se marre là-dedans.

— Oh ! je connais, dit l'une.

— Et puis, il n'y a pas un chat, dit l'autre.

— Justement, s'écria Paradis, on n'attend plus que les vôtres.

— Vous ne vous êtes pas fait mal ? demandèrent-elles, parce que pour trouver ça tout seul, faut faire un effort, c'est des fois dangereux.

— Ah! bien, elles t'arrangent, dit Petit-Pouce.

Ils se mirent à rire, tous les cinq, tous tant qu'ils étaient. En voyant et en entendant ça, des passants commencèrent à s'intéresser au Palace de la Rigolade. Mme Tortose, sentant venir la récolte, posa son tricot et prépara les billets. Avec les deux petites comme appât, les philosophes allaient s'amener, c'était sûr, et les miteux s'enverraient tous les trinqueballements pour pouvoir s'asseoir et regarder ensuite les autres. Une queue se forma, composée de grouillots, de commis et de potaches prêts à lâcher vingt ronds pour voir de la cuisse.

— Un tour à l'œil ? proposa Petit-Pouce.

Ça dégèlerait le public, ça encouragerait les philosophes et, une fois embrayée, la soirée n'aurait plus qu'à rouler de séance en séance jusque vers le minuit, avec en fin de compte une gentille recette pour le sieur Tortose et la chemise trempée de sueur pour les trois athlètes. Mais les deux gosses, pas sottes, trouvaient qu'un tour à l'œil, c'était donné, de leur part.

— Oh! merci, dit l'une, il faudrait nous payer pour entrer dans un truc comme ça.

— Entrez, entrez, on commence, hurla Petit-Pouce sous le nez des badauds.

— Et toi, au boulot, dit Paradis à Pierrot qui s'empressa d'obéir.

Et ils laissèrent tomber les poulettes.

Tout ronflait maintenant et beuglait dans l'Uni-Park, et la foule, mâle et femelle, se distribuait en tentacules épais vers chacune des attractions offertes à un tarif parfois élevé, relativement s'entend : deux, trois francs en général. En face du Palace de la Rigolade planaient des avions liés à une haute tour par des fils d'acier, et devant le Palace même, grande était l'animation. On prenait son billet suivant les injonctions de Petit-Pouce. Ceux qui voulaient subir les brimades mécaniques payaient vingt sous, tandis que les philosophes en déboursaient le triple, impatients qu'ils sont de se sentir prêts à voir. Pierrot rejoignit sa place, remisa ses besicles et attendit. Déjà vibraient les rires, déjà les impatiences.

Les premiers clients des deux sexes apparurent au sommet d'un escalier roulant, éblouis par un phare, ahuris d'être ainsi livrés sans précautions, les hommes à la malignité du public, les femmes à sa salacité. Débarqués de leur escalier par la force des choses, ils se virent en conséquence obligés de glisser sur la face dorsale le long d'un plan incliné soigneusement astiqué. Les philosophes pouvaient déjà utiliser là leurs capacités visuelles au maximum de leur rendement, exigeant chacun du fonctionnement de ce sens netteté, rapidité, perspicacité, photograficité. Mais ce n'était encore rien, pas même autant que ne présage de pluie le vol bas des hirondelles. Il faut comprendre en effet qu'un tel spectacle, réduit au minimum, se peut présenter au cours de la vie quotidienne la plus banale, chute dans le métro, glissade hors d'un autobus, culbute sur un parquet trop bien ciré. Il n'y avait là quasi rien encore de la spécificité

12

émotive que les philosophes venaient chercher pour le prix de trois francs au Palace de la Rigolade.

Cependant les avanies poursuivaient de leurs malices calculées les démarches des amateurs : escaliers aux marches s'aplatissant à l'horizontale, planches se redressant à angle droit ou s'incurvant en cuvette, tapis roulant en sens alternés, planchers aux lames agitées d'un tremblement brownien. Et d'autres. Puis venait un couloir où diverses astuces combinées rendaient toute avance impossible. Pierrot était chargé de sortir les gens de cette impasse. Pour les hommes, il suffisait d'un coup de main, mais quand s'approchait une femme effrayée par ce passage difficile, on la saisissait par les poignets, on la tirait, on l'attirait et finalement on la collait sur une bouche d'air qui lui gonflait les jupes, premier régal pour les philosophes si l'envol découvrait suffisamment de cuisse. Ce prélude rapide était complété par la sortie du tonneau, après un vague labyrinthe imposé aux patients. La première vision prépare d'ailleurs l'apothéose ; dans une attente convulsive, les philosophes repèrent les morceaux de choix et les guignent avec des œils élargis et des pupilles flamboyantes.

Donc, après le labyrinthe, les bardots se trouvaient en face d'un cylindre tournant autour de son axe et dans lequel ils devaient s'engager afin d'en finir avec tous les plaisirs qu'ils s'offraient pour leurs vingt sous. Quelques-uns s'en tiraient avec honneur : aucun intérêt. D'autres, culbutaient déséquilibrés, entraînés par la rotation, se retournaient, s'enroulaient, s'entortillaient, se déroulaient, tournoyaient pour le plus grand divertissement de ceux qui, déjà délivrés de l'épreuve, étaient venus se joindre au groupe des philosophes. Quant à ceux-ci, ça ne les amusait pas tellement que ça, ces pirouettes et ces virevousses. Le ridicule des balourds les intéressait moins que le déshabillé des femelles, et voici qu'il en apparaissait une à l'entrée du tonneau, et qui reculait devant l'entreprise, crainte de chuter. Petit-Pouce la saisit alors par les bras et, la portant à demi, la fit traverser sans encombre l'appareil; mais au sortir, la déposa sur une bouche d'air qui, soufflant dans la robe, découvrit deux jambes et des dessous : les philosophes ravis applaudirent, tandis que des personnes à l'esprit innocent se contentaient de rire de la mésaventure arrivée à la dame. Une, qui suivait, voyant ladite mésaventure et voulant l'éviter, se refusait à suivre Petit-Pouce, retourné chercher des victimes; mais il l'empoigna. Dans la salle, on rugit d'approbation; il l'entraîna, on se tut dans l'attente de la suprême indiscrétion, et il la déposa où il se devait et l'y maintint plus longtemps que l'autre, pour réaliser la vengeance des philosophes excités par l'ébauche d'un refus. Une troisième était guettée avec ardeur par les satyres parce que le premier courant d'air avait permis d'espérer une sous-vêture réduite au minimum.

— La loupe pas, cria un amateur à Petit-Pouce, tandis que Paradis faisait circuler pour qu'on n'ait pas la vue bouchée au premier rang.

Petit-Pouce la réussit : un triomphe! On ne savait pas trop si la dame était offensée ou si elle venait faire apprécier ses charmes. Il y en eut trois ou quatre autres, mais beaucoup moins intéressantes, et puis ce fut la fin de la première séance. Le vulgaire débarrassa le plancher, mais les fanatiques demeurèrent. Paradis passa ramasser la monnaie. Petit-Pouce encaissa quelques pourboires qui devaient l'inciter à soigner les plus jolies filles. Pierrot s'essuyait le front, car c'était du boulot; d'autant plus qu'il y avait quelques poules qui pesaient leur bon poids d'attraits charnels; et de tout cela, lui, Pierrot, n'en tirait aucun plaisir, trop occupé par ses transports d'une part, et de l'autre, le rétrécissement du champ d'action de son rayon visuel l'empêchait de jouir pleinement des beautés dévoilées à la sortie du tonneau.

Cependant Petit-Pouce et Paradis hurlant à la porte avaient circonvenu un nouveau groupe de friands de la rigolade, et une nouvelle séance commença. Les philosophes (ceux qui se passionnaient aussi pour les mots croisés) replièrent leurs journaux, s'agitèrent sur leurs sièges, et s'apprêtèrent, paisibles, à se rincer l'œil. Et de nouveau Pierrot et Petit-Pouce, l'un ici et l'autre là, empoignèrent sans douceur des dames qui se débattaient et gigotaient, humiliées et applaudies. Pierrot commençait à avoir le tour de main et à faire mécaniquement son nouveau métier. Allez, amène-toi, la petite blonde, et il pensait à son père, mort, un bon type, qui sirotait mais qui avait le vin gai et qui se matérialisait avec la soupe, dont la fumée semblait se condenser sous un aspect humain. Allons, viens, toi, la grande brune, et il pensait à sa mère, morte aussi, et qui lui avait tant distribué de marrons qu'il en sentait encore les bleus, croyait-il. Encore une petite blonde, encore une brune, et puis voilà une vieille, et maintenant c'est une fillette, et il continuait à penser à ces jours lointains, dont il ne restait plus que des lambeaux ; il y songeait ce soir par hasard peut-être, peut-être aussi à cause de son nouveau métier, qui inaugurait, qui sait ? une nouvelle vie, et, en secouant ces loques, il en faisait s'envoler des escadrilles de papillons pâles et trébuchants.

Et alors, la grande brune, avance que je t'emporte, et il pensait que c'est pas drôle d'avoir eu une enfance comme la sienne, ça se conserve mal, ça moisit, et les beaux morceaux où l'on pourrait se revoir tout gentil et plein d'espoir sont ternis à jamais par le reste.

— Dis donc, l'employé. Bas les pattes, hein.

Pierrot laissa s'envoler les dernières mites et entrevit alors un personnage menaçant qui était incontestablement un maquereau. Malgré le danger imminent, sa conscience professionnelle ne broncha pas. Il voulut entraîner la demoiselle en dépit du veto du souteneur. Elle résista. La foule se mit à gronder. Pierrot insista, peina, vainquit : la putain dut le suivre.

Les applaudissements furent nombreux. Mais la déception allait être grande. Le marlou, qui avait suivi de près sa femme, lui maintint les jupes des deux mains, ce qui annihila l'effet du courant d'air.

Une clameur indignée, unanime, explosa.

— Cocu! hurla un philosophe.

— Cocu! Cocu! reprit la salle.

— Si on ne peut plus s'amuser maintenant, dit un monsieur très convenable.

Derrière le moraliste et sa régulière venait un autre couple de même nature. Le second c'est-mon-homme imita naturellement son aminche. Les philosophes deux fois frustrés de leur plaisir commencèrent à grouiller, et les deux malfrats poursuivaient leur chemin en défiant leurs adversaires, et les injures relancées d'un groupe à l'autre croissaient à chaque réplique tant en vigueur qu'en obscénité. Les principales fonctions physiologiques du corps humain furent invoquées par les uns comme par les autres, ainsi que différents organes situés entre le genou et la ceinture. Des gestes redonnaient force aux mots abîmés par un trop fréquent usage. Lorsque le quadrille atteignit le tonneau, on trépigna. Les deux maqs ne voulaient pas livrer leurs marmites aux mains de Paradis. Ces messieurs discutaient avec véhémence tandis que le cylindre tournait à vide et que les expectants hurlaient leur mépris pour une pruderie qui n'était pas de mise en ce lieu, surtout de la part d'une engeance aussi suspecte.

— Fumiers! Fumiers! déclaraient-ils.

Paradis finit par comprendre qu'il fallait suivre le conseil du patron : pas d'histoires. Il appuya sur un levier, la rotation cessa, et les deux gonces, suivis de leurs dames, passèrent triomphants et moqueurs. Un philosophe ne put supporter cette insulte. Exaspéré de se voir ravir le plaisir particulier pour lequel il avait payé trois francs, il quitta sa place, sauta sur l'estrade et engagea le combat. Son poing retentit sur l'œil d'un des types, mais le copain de ce dernier riposta sans hésiter et détruisit une oreille de l'agresseur d'un coup pertinent non moins qu'expert. Sur quoi, le philosophe, exorbité par la douleur, se précipita en chien de fusil sur ses adversaires et tous trois roulèrent sur le sol. Paradis et Petit-Pouce essayèrent de les séparer, mais d'autres philosophes, entraînés par l'exemple, se précipitaient; repoussèrent les deux employés et se mirent à marcher avec entrain sur les lutteurs enlacés. Là-dessus, quelques louches individus, provoqués dans leurs instincts et attirés par leurs sympathies, s'avisèrent de prendre la défense de leurs collègues et tombèrent sur les philosophes à bras tant raccourcis qu'allongés. Un sergent de ville qui voulut intervenir fut rejeté hors du tourbillon par la vertu centrifuge de l'ardeur des combattants. Paradis s'épongeait le nez, Petit-Pouce se frottait les côtes, la foule, debout, beuglait de joie et d'indignation.

Pierrot, demeuré à sa place, entrevit dans un brouillard la poussiéreuse mêlée, et, comme personne ne s'intéressait plus à son activité, il remit ses lunettes. Après avoir examiné la situation, il ne douta pas un instant que sa présence ne fût nécessaire, et, bondissant par-dessus les balustrades, il plongea dans le tas. D'abord ses besicles furent éjectées, puis lui-même avec un œil tout noircissant. Il récupéra ses verres dont un seul était fêlé et s'assit dans un coin. Il en avait fait autant que ses camarades.

Ils regardaient maintenant la bigornade avec intérêt, mais désintéressement. Et si une dent brisée ou un bout de nez bouffé, puis recraché, venaient rouler près d'eux, ils se contentaient de balayer cela du revers de la main ; ils essuyaient ensuite le sang qui l'avait tachée.

Mais M. Tortose, prévenu, alerte la police, et bientôt les bâtons blancs résonnent sur les crânes forcenés. Le prestige des sergents, surtout le prestige, dissipe la confusion comme la pointe d'une épée désagrège un fantôme, et la salle énergiquement vidée ne montra plus que les loqueteux velours de ses sièges et la poussière talonnée de son sol.

Le patron du Palace de la Rigolade, avisé par les autorités compétentes que son attraction serait fermée le reste de la soirée, entra, regarda velours et poussière, toboggans et tonneau, renifla, s'approcha lentement de ses trois employés qui se frottaient, se brossaient, tâchaient de se donner un air convenable.

— Tas de salauds, murmura-t-il. Tas de salauds, proféra-t-il d'une voix sourde. Tas de salauds, hurla-t-il.

Silencieux, ils l'examinaient.

— Tas de salauds, hurla-t-il, encore une fois.

— Ah! patron, si vous aviez vu ça, dit Paradis avec entrain. Le gros mec s'approche. Tu me cherches des crosses, qu'il me dit. Pan, pan, aussi sec, mon poing dans chaque œil, et toc, mon gauche dans le creux de l'estomac, total, voilà le gros par terre, sans dire ouf.

— Ça va, ça va, dit M. Tortose. On ne me la fait pas. Vous vous êtes conduits comme des sagouins, des lâches, de imbéciles. Pas fichus d'arranger une histoire aussi simple! Allez, ouste, décampez!

— Allons, voyons, patron, dit Paradis, soyez chic. C'est pas tous les jours qu'il y a des phénomènes comme ça. Jusque-là notre boulot était bien fait. Les philosophes étaient contents. Ça roulait.

— Je ne dis pas, dit M. Tortose.

— Je les entendais même les philosophes, continua Paradis, je les entendais qui se disaient entre eux : ces petits gars-là ils savent les prendre les poules, avec eux on n'en perd pas une bouchée, ce n'est pas de l'argent gaspillée, elle rapporte bien du plaisir. Voilà ce qu'ils se disaient, et ils ajoutaient : moi je reviendrai tous les soirs.

— Ça, c'est vrai, dit Petit-Pouce, je les ai entendus : exactement comme ça.

— Tu vois bien que ce ne sont pas de méchants garçons, dit Mme Tortose qui venait de se décaisser et de rejoindre son époux. Tu ne vas pas leur faire perdre leur saison à cause d'un sale type. C'était pas de leur faute.

— Oh! merci bien, madame, dit Paradis.

— Bon, ça va, dit M. Tortose. Ça va. Revenez demain.

— On ferme ? demanda Petit-Pouce.

— Oui. Après vous pourrez aller vous coucher si ça vous chante.

— Bien, patron. On boucle et on va se promener.

Ils bouclèrent et allèrent se promener.

Ils allèrent au plus près, c'est-à-dire qu'ils ne sortirent pas de l'Uni-Park, où ce dimanche de juin déversait, et le beau temps, et la foule, conjugués en un bouillonnement noir et gueulard qu'aspergeaient de leurs feux et de leurs musiques plus de vingt attractions. Ici l'on tourne en rond et là on choit de haut, ici l'on va très vite et là tout de travers, ici l'on se bouscule et là on se cogne, partout on se secoue les tripes et l'on rit, on tâte de la fesse et l'on palpe du nichon, on exerce son adresse et l'on mesure sa force, et l'on rit, on se déchaîne, on bouffe de la poussière.

Pierrot, Petit-Pouce et Paradis s'appuyèrent contre la balustrade qui entourait la piste des autos électriques à ressorts et ils examinèrent la situation. Comme à l'habitude, il y avait là des couples (sans intérêt), des hommes seuls, des femmes seules. Tout le jeu consistait pour les hommes seuls à tamponner les femmes seules. Quelques hommes seuls, très jeunes, encore dans toute la fleur de leur naïveté, se contentent des joies de la vanité et s'appliquent à décrire des ellipses sans heurts. Peut-être se consolent-ils ainsi de ne pas en avoir une vraie, d'auto.

Quant aux femmes seules, elles peuvent naturellement être deux dans la même voiture, ça ne les empêche pas d'être seules, à moins de cas extrêmes plus ou moins saphiques.

Petit-Pouce et Paradis, après avoir serré la pince de quelques collègues dont la besogne consistait à voltiger d'auto en auto pour faire payer les amateurs (certains ne démarraient pas de toute la soirée), Petit-Pouce et Paradis aperçurent justement un de ces couples bi-femelles et y reconnurent les deux petites qui avaient amorcé la soirée devant le Palace. Ils attendirent avec patience que de choc en choc elles passassent près d'eux; et alors les interpellèrent, sans vergogne. Elles firent tout d'abord fi de ces avances et continuèrent leurs pérégrinations, mais une mêlée générale les ayant coincées face à leurs galants, elles voulurent bien sourire.

Au coup de cloche marquant le renouvellement de l'écot, Petit-Pouce et Paradis enjambèrent la clôture et se jetèrent dans un véhicule. Dès que la cloche annonça la reprise des hostilités, ils se mirent à la poursuite des deux enfants pour les percuter. Et hardi! Ayant ainsi fait amplement connaissance, au coup de cloche suivant un chassé-croisé répartit ces quatre personnes en deux couples hétérosexuels. Petit-Pouce choisit la brune frisée et Paradis prit la décolorée. Et hardi! Pierrot ne choisit ni ne prit rien.

Accoudé bien à son aise, Pierrot pensait à la mort de Louis XVI, ce qui veut dire, singulièrement, à rien de précis; il n'y avait dans son esprit qu'une buée mentale, légère et presque lumineuse comme le brouillard d'un beau matin d'hiver, qu'un vol de moucherons anonymes. Les autos se cognaient avec énergie, les trolleys crépitaient contre le filet métallique, des femmes criaient; et, au-delà, dans tout le reste de l'Uni-Park, il y avait cette rumeur de foule qui s'amuse et cette clameur de charlatans et taba-rins qui rusent et ce grondement d'objets qui s'usent. Pierrot n'avait aucune idée spéciale sur la moralité publique ou l'avenir de la civilisation. On ne lui avait jamais dit qu'il était intelligent. On lui avait plutôt répété qu'il se conduisait comme un manche ou qu'il avait des analogies avec la lune. En tout cas, ici, maintenant, il était heureux, et content, vaguement. D'ail-leurs parmi les moucherons, il y en avait un plus gros que les autres et plus insistant. Pier-rot avait un métier, tout au moins pour la sai-son. En octobre, il verrait. Pour le moment, il avait un tiers d'an devant lui tintant déjà des écus de sa paie. Il y avait de quoi être heureux et content pour quelqu'un qui connaissait en permanence les jours incertains, les semaines peu probables et les mois très déficients. Son œil beurre noir lui faisait un peu mal, mais est-ce que la souffrance physique a jamais empê-ché le bonheur?

Petit-Pouce et Paradis eux, pour eux la vie était belle, vraiment. Un bras passé autour de la taille d'une succulente caille, de l'autre négli-gemment manipulant le volant de leur véhicule réduit, ils se payaient du bonheur à quarante sous les cinq minutes. Ils jouissaient doublement de leur sens tactile, directement, par le contact d'une côte ou d'un sein à travers une étoffe minimum, indirectement par les heurts qu'ils imposaient ou plus rarement récoltaient. Ils jouissaient également doublement dans leur vanité, directement en heurtant beaucoup plus souvent qu'ils n'étaient heurtés, indirectement en pensant à Pierrot qu'ils avaient laissé à la bourre, et solitaire. Avec la musique en plus, un haut-parleur qui bramait «ô mon amour, à toi toujours», il y avait vraiment de quoi laisser courir le long de son échine le frisson de la douce existence; et comme quoi il est prouvé qu'on peut très bien ne pas penser à la mort de Louis XVI, et tout de même continuer à exister avec au moins une apparence humaine, et du plaisir dans le cœur.

Cependant, durant les entractes, Petit-Pouce n'était pas tellement que ça un homme heureux. Parce qu'il était marié, très légitimement. Et il avait des remords. Des tout petits mais des remords tout de même. Alors tout en sortant son larenqué, il n'en pressait que plus fort la jeune mamelle où se plantaient ses doigts.

Ses copains remettant ça, Pierrot, lassé, se détourna. Il avait devant lui la masse babylonienne de l'Alpinic-Railway où parfois passait un train de wagonnets dévalant en emportant avec lui des hystéries de femmes. À sa droite, les philosophes, dispersés par la police, s'étaient regroupés le nez en l'air, à quelques pas d'un écureuil dans lequel s'évertuait une gaillarde à biceps, et qui n'avait pas froid aux yeux, ni ailleurs. À sa gauche, se succédaient tirs, jeux et loteries. C'est de ce côté qu'il alla. Il avait vaguement envie d'essayer son adresse en démolissant avec quatre balles une pyramide de cinq boîtes de conserve vides, ou en se photographiant d'un coup de fusil. Il déambulait charrié par la foule, parfois stationnaire comme une épave abandonnée par les flots sur la grève, puis de nouveau déambulant, comme repris dans le bouillonnement d'une charge triomphante des vagues. La Pêche à la Ligne, La Vaisselle de Ma Grand'Mère, La Belle au Bois Dormant ne le retinrent pas, mais le Tir à la Mitrailleuse l'attira.

Singulièrement, la manipulation de cette arme ne semblait séduire personne. L'engin paraissait en effet redoutable. Pierrot s'approcha.

Il allongea ses quarante sous et fit un carton. Ce n'était pas brillant.

— Pas fameux, dit-il à la fille qui tenait le stand.

Il essaya encore. C'était toujours médiocre.

— Ça ne m'étonne pas. Avec mon œil.

— Vous vous êtes bagarré?

— Pas grand-chose. Au Palace de la Rigolade, tout à l'heure.

— Ah! oui. On m'en a déjà causé. Qu'est-ce qui est arrivé?

Il raconta.

— Est-ce pas idiot? conclut-elle.

— Vous n'avez pas beaucoup de clients, remarqua Pierrot qui pouvait faire allusions de métier maintenant qu'il avait montré qu'il était de la partie.

— Je suis mal placée. On s'arrête à La Vaisselle de Ma Grand'Mère, et puis ils obliquent sur le Bois Dormant en me laissant de côté. C'est les attractions idiotes qui les attirent. Vous, au moins, c'est le sport.

Pierrot la regarda.

— Moi, je viendrais rien que pour vous.

— Tiens, tiens.

— Sans blague. D'ailleurs, je suis sûr qu'il y a des tas de types qui viennent vous faire du plat, sous prétexte de s'amuser avec cet ustensile.

— Ça c'est vrai. Il y en a qui sont collants... Pas moyen de s'en débarrasser. Et bêtes par-dessus le marché... Et bêtes...

— Ça, il y en a qui en tiennent une couche.

— Ils se croient malins, et ils ne disent que des bêtises, d'une taille... Et puis des plaisanteries, grosses comme eux.

— Je vois ça d'ici, dit Pierrot.

— Vous, vous n'avez pas l'air comme eux.

— Faut pas m'en faire compliment, dit Pierrot. Je ne le fais pas exprès.

— Oui, vous n'êtes pas comme eux. Ainsi, vous ne m'avez pas encore proposé un rancard.

— Je vous attends à la sortie ? demanda Pierrot.

— C'est que je suis une jeune fille, dit la poule. J'ai un papa qui me surveille. J'ai aussi une belle-mère, pas une vraie, une que mon père a épousée à la mairie du vingt et unième,

26

mais aussi emmerdante qu'une pour de bon. Et vous ?

— Je suis un pauvre orphelin, dit Pierrot.

— Vous avez des frères, des sœurs ?

— Non.

— Vous devez vous ennuyer.

— Oh ! non. J'ai pas un tempérament à ça. Des fois, ça me prend, mais comme à tout le monde.

— Moi non plus, j'ai pas un caractère à me dessécher sur place.

— Et qu'est-ce que vous diriez si on se revoyait un de ces jours ? Demain ?

D'une demi-tête droite, Pierrot lorgna derrière lui.

— Vous regardez cette grue ? demanda-t-on.

— Moi ? Oh ! non. Je regardais ce que devenaient les copains. Ils sont dans les autos, là-bas.

— Vous m'en payez une tournée ?

— Oui. Mais quand ?

— Tout de suite. Je remise l'appareil.

Elle emmaillota la mitrailleuse dans une toile cirée noire, rangea les munitions dans une caisse fermée d'un cadenas, et déversa la recette dans son sac à main.

— Ça y est, dit-elle, en route.

Trois greluchons apparurent avec des airs de fendeurs de naseaux.

— Pas si vite, mam'zelle, dit le plus marle, déballez-nous cet engin qu'on tire une vingtaine de coups.

Les deux autres trouvèrent la plaisanterie

merveilleuse. Ils s'éclatèrent de rire comme un cent de pets.

— Faudra repasser, dit la possible amie de Pierrot. On ferme.

— Comment on ferme? À cette heure-ci?

— C'est comme ça.

Les gars hésitèrent. Pierrot enleva ses lunettes. Elle lui dit :

— Laissez-les. C'est des brelus.

Ils restaient là, tout couillons. Le plus faraud d'entre eux, l'orateur, regardait l'œil noir de Pierrot, avec incertitude. Preuve de courage agressif? ou de facile défaite? Il n'eut d'ailleurs pas à réfléchir fort longuement, car, écarté d'un geste sûr et, ma foi, vigoureux par son interlocutrice, il n'eut plus qu'à reluquer, d'une part le dos de deux personnes qui s'éloignaient de lui avec mépris et dignité, de l'autre un appareil entouré de toile cirée noire et ficelé. Alors il s'en alla tristouillet avec ses deux compagnons.

Pierrot n'était pas mécontent d'avoir évité un nouveau bigornage, non qu'il fût lâche, mais enfin ça ne l'amusait pas. La fille lui avait pris le bras. Elle était toute tiède à côté de lui, et élastique. Elle se parfumait, se mettait de la peinture sur les ongles, du rouge sur les lèvres. Pierrot palpait, aspirait, admirait tout cela. Il trouvait ça chouette. Elle était presque aussi grande que lui, blonde, ou à peu près, avec un visage assez fin de star tuberculeuse, et, quant au reste, rondement campée. Pierrot remit ses binocles et l'invita pour un tour d'autos électriques.

Ils s'insérèrent dans un de ces petits véhicules, et en route. Pierrot se lança. La première voiture qu'il carambola contenait également un couple ainsi serré. L'homme, qui se croyait habile, se retourna pour enregistrer l'audacieux qui lui avait manqué de respect. Cet homme s'appelait Petit-Pouce. Il était petit, râblé, costaud, âgé de quarante-cinq ans, marié mais courant la gueuse, natif de Bezons, électeur dans l'onzième, pas mal déplumé, bref, un paroissien qu'avait la tête près du bonnet. Et alors, un qui fut étonné, ce fut lui, Petit-Pouce, lorsqu'il eut aperçu Pierrot avec une poupée à côté de lui. D'ébahissement, il s'en laissa tamponner par Paradis, lequel voyant le même spectacle, en perdit le contrôle de son joujou, ce qui entraîna un emmêlement général vraiment très réussi.

Cependant Pierrot avait repris sa course, décrivant avec élégance des lemniscates et des conchoïdes. Et la belle enfant se pressait contre lui. Ils étaient très contents, tous deux, au milieu d'un bruit considérable. Des parfums variés qui se pressaient dans ses narines, caoutchouc, tôle, vernis, poussière et autres, Pierrot ne retenait que le voluptueux houbigant dont s'imprégnait la mignonne. Les odeurs lui donnaient des émois et l'immergeaient dans un brouillard luminescent et pailleté.

C'est à travers cette brume d'étoiles parfumées qu'il se mit à distinguer graduellement deux personnages qui semblaient s'intéresser à lui. L'un était une femme encore jeune, platinée, pompeusement fardée, grande et forte. L'autre était un homme d'un âge voisin et de dimensions également considérables. La femme le désignait du doigt, lui Pierrot. Pierrot se demande un instant si c'est bien lui qu'on dénonce ainsi avec véhémence. Mais il n'y a pas à hésiter. C'est bien lui. Pourtant il ne la connaît pas cette dame. Elle a l'air de triompher, de ricaner, de menacer. Bref, il y a toute sorte de sentiments qui cavalent sur son visage. Le brouillard s'est dissipé. Pierrot la distingue très bien maintenant. Quant au bonhomme, il a une drôle de tête. Le haut en est assez bien dessiné, mais après la moitié du nez, ça fout le camp de tous les côtés. Les joues ont coulé dans le bas des mâchoires, inégalement. Une narine s'ouvre plus que l'autre. Quant aux oreilles, elles volent au vent.

Au coup de cloche, les voitures s'arrêtèrent. Pierrot allait proposer de remettre encore ça lorsqu'il comprit que les dénonciations de la blonde virago allaient causer un malheur. En effet, le type qui l'accompagnait enjamba la balustrade et se dirigea vers lui.

— Qu'est-ce que tu fous là, hurla-t-il. Et la mitrailleuse? Hein? Et la mitrailleuse?

Constatant que ce discours s'adressait à sa petite amie en puissance, Pierrot se tourna vers elle, qui avait disparu, déjà. Cependant, la foule s'en brisait les côtelettes, tellement elle trouvait l'aventure savoureuse. Paradis et Petit-Pouce en pleuraient, eux, de l'énormité du drolatique.

La fille s'étant enfuie, le furieux tourna son

irritation contre le binoclard séducteur, qui se sortait de sa voiture.

— Toi, dit-il, toi, tu vas déguerpir. Ce n'est pas parce que tu as payé trois francs à l'entrée que tu as acheté le droit de débaucher les employées. Hein?

— Non, bien sûr, concéda Pierrot. Seulement, je n'ai pas payé trois francs.

Il ne voulait pas laisser passer cette petite erreur.

— Tu as payé demi-tarif? demanda l'autre. Tu n'es pourtant pas militaire.

— Non, concéda encore Pierrot. Je suis entré à l'œil.

— Ça c'est le comble, beugla le stentor.

Il fit des gestes pour inviter les spectateurs à savourer cette dérision.

— Est-ce que tu te moquerais de moi par hasard? demanda-t-il.

Pierrot aurait bien aimé savoir qui c'était, ce grand musclé.

— Je voulais simplement vous dire que j'étais de la maison.

— Toi? De la maison? Et depuis quand?

— Depuis aujourd'hui.

N'était-ce point la vérité vraie? Cependant l'inquisiteur s'ébaudit et, s'adressant de nouveau aux personnes présentes, susurra ces mots qui recelaient des tonnes d'ironie :

— Il veut me mettre en boîte, ce petit gars-là.

Il reprit plus sévèrement :

— Ce petit gars-là veut me mettre en boîte.

Et conclut tout à fait sévèrement :

— Dans ce cas-là, je vais lui casser sa petite gueugueule.

Comme il s'adressait au public, il tournait à moitié le dos à Pierrot, qui jugea prudent de prendre l'initiative et de profiter de la situation. D'un coup de pied imprévu, il poussa sa petite auto dans les jambes du gros menaçant. Il espérait ainsi le déséquilibrer ; ensuite de quoi, il prendrait la fuite. Il avait adopté cette solution rationnelle du fameux problème des deux adversaires de forces disproportionnées.

Le véhicule arriva donc dans les pattes du costaud, qui pérorait sans méfiance. Le costaud bascula en arrière comme prévu et vint s'insérer les quatre fers en l'air entre le siège et le volant. Le véhicule poursuivit encore son chemin pendant quelques mètres, chargé de son passager involontaire.

Des clameurs de jubilation furent poussées par les badauds. Et Pierrot, au lieu de s'esbigner, demeurait là, regardant avec intérêt les conséquences de sa vaillantise. Ce qui permit à un nouvel adversaire de se dresser devant lui : M. Tortose.

— C'est encore toi, s'exclama-t-il. Encore en train de provoquer une bagarre.

Alors il s'aperçut que la victime de Pierrot, victime en train de se remettre sur pied, n'était autre qu'Eusèbe Pradonet — monsieur Pradonet — le directeur de l'Uni-Park.

— Oh ! dit-il.

Et à Pierrot :

— Toi, j'ai un bon conseil à te donner :

déguerpis immédiatement, et qu'on ne te revoie plus ici. Inutile de revenir demain. Allez, calte.

— Et ma journée, monsieur Tortose?

Pradonet s'approchait. M. Tortose, bon bougre, donna deux ou trois petits billets à Pierrot qui, fuyant la vindicte patronale, se retrouva bientôt seul dans l'obscurité, à quelques mètres de la flamboyante porte de l'Uni-Park. Il n'avait de nouveau plus de métier.

On lui tapa sur l'épaule.

— Allons, mon vieux, dit Paradis, t'en fais pas, viens prendre un verre avec nous, ça s'arrangera.

Mais ça ne s'arrangea pas. Le lendemain, malgré l'insistance de Paradis et même de Petit-Pouce, Tortose, redoutant Pradonet, refusait de rembaucher Pierrot.

II

Depuis de longues années, Pradonet avait l'habitude de se raser sur le coup de cinq heures et demie six heures, juste avant l'apéro, afin de paraître frais au dîner et durant tout le cours de la soirée. Lorsqu'il attendait un invité, le travail était encore plus soigné. Il s'appliqua parce que trois jours avant, il avait convié à sa table le fakir Crouïa-Bey qui devait pendant quinze jours s'exhiber dans la baraque de l'Uni-Park récemment occupée par l'Homme Aquarium et antérieurement, dans l'ordre chronologique ascendant, par la Pithécanthropesse, par la Danse du Ventre, par le prestidigitateur Turlupin, par bien d'autres encore.

Tandis qu'il s'appliquait à se gratter la couenne, Léonie, sa maîtresse — que l'on appelait Mme Pradonet —, bien qu'elle ne fût que veuve Prouillot, Léonie se comprimait les formes dans une armature ad hoc, non qu'elle fût obèse déjà, mais enfin ça venait, ça venait, et n'aimait-elle pas paraître belle ? Elle parvint donc à modérer son épanouissement charnel, et, après cet effort, s'assit sur le bord du lit, regardant pensivement le visage de Pradonet qu'elle voyait reflété dans la glace avec une joue gonflée, tendue pour mieux sabrer le poil. Puis le visage débarrassé de sa mousse de savon et de sa pilosité s'éclaira progressivement jusqu'à devenir une mine réjouie.

— Qu'est-ce qui te fait rire? demanda Léonie.

Pradonet, qui ne faisait encore que sourire, s'esbailla la goule et hoqueta un rire.

— Ne m'agace donc pas, dit Léonie.

Il ne s'arrêtait pas. Elle hausse les épaules et commence à mettre ses bras.

— Tu ne sais pas à quoi je pense? demanda Pradonet qui se calmait.

— Qu'est-ce que ça peut me faire?

— Je pense à hier soir. Je devais avoir bonne mine les quatre fers en l'air dans mon voiturin. Ah! Ah! Ah!

— Je t'ai toujours considéré comme un imbécile, dit Léonie. Tu manques de dignité. Si tu ne m'avais pas eue, tu te serais fait rouler par tout le monde. Tu ne serais pas directeur de l'Uni-Park, ça non. Qu'est-ce qui a le plus d'argent dans cette affaire? Moi, n'est-ce pas. Pour te faire plaisir, je laisse croire que tu es un monsieur important. Oui, sans moi, que serais-tu devenu? Je me demande même si tu aurais été capable de poinçonner les tickets à l'entrée, tellement tu es couillon dans le fond. Tu as une âme de poire. On te flanquerait une baffe que tu tendrais l'autre joue pour en recevoir une seconde.

— Là, je trouve que tu exagères, Léonie. Enfin, en tout cas, moi je trouve qu'il m'a eu, le petit gars. Ah! Ah! Ah!

— On l'a fichu à la porte, j'espère.

— Oui, oui, ne crains rien. Pauvre garçon.

— C'est Tortose qui l'avait engagé?

— Oui, il travaillait au Palace.

— Ça, je sais. Je te demande si c'est Tortose ou toi qui l'avez engagé.

— C'est Tortose.

— Encore un qui a la main heureuse. Ah! là là, si je n'étais pas là, quelle pagaïe ça serait.

Ils finissaient de s'habiller. On sonne à la porte.

— Tiens, voilà le fakir, dit Léonie. Ce qu'il vient tôt. Pour moi, il n'a pas dû déjeuner pour mieux croûter ce soir à nos dépens. On va le faire lanterner un peu, ça lui fera les pieds.

— Tu sais qu'il est fameux.

— Sans ça je ne l'aurais pas engagé.

— Ah! bien, non, ah! bien, non, là je trouve que tu exagères. Tu ne vas pas me dire tout de même que ce n'est pas moi qui l'ai engagé?

— D'abord, je dirai ce qui me plaît, et puis ensuite toi, tu lui aurais consenti des conditions invraisemblables si je ne t'avais pas fait la leçon pour que tu lui rognes ses prétentions à ce bonhomme. D'ailleurs, il ne faut pas que tu aies d'illusions, tu sais, les fakirs, c'est rudement démodé. Il est là parce qu'il n'était pas cher. Sans ça…

— Moi, je trouve ça épatant ces types qui s'enfoncent des épingles longues comme ça

36

dans le gosier. Ça donne une riche idée des capacités de l'homme. Moi, je trouve.

— Peuh. Tous leurs trucs sont débinés maintenant. Dans les music-halls, on n'en veut plus. Il tiendra tout au plus ses deux semaines ici, juste le temps de trouver autre chose pour occuper cette baraque après lui.

— Moi, j'irai le voir. J'aime ça.

— Grand nigaud, dit Léonie en s'écroulant dans les bras de Pradonet.

Elle lui faisait des mignardises.

— Grand gosse, va, ma grande brebis, mon blanc navet, mon gros cochon tout bêta, mon lourdaud, ma niaise andouille.

On frappe à la porte. La bonne demande si on va bientôt dîner, sans ça tout sera brûlé, et si on ne se dépêche pas l'invité aura bu tout le Dubonnet, quoiqu'il trouve fade cet apéro, à ce qu'il a murmuré.

— On y va, dit Léonie.

Elle se détacha de Pradonet, avec le bruit que fait la ventouse d'une flèche Euréka lorsqu'on l'enlève de la cible.

— Qu'est-ce que tu as encore à sourire? demanda-t-elle.

— Je pense encore à hier soir. Ça devait être vraiment roulant de me voir les quatre fers en l'air dans mon voiturin. Ah! Ah! Ah!

— Quelle gourde, dit Léonie.

Ils se mirent en marche et, quelques instants après, pénétrèrent dans le salon. D'un seul coup d'œil, Léonie jauge à cinq verres à bordeaux la quantité de Dubonnet absorbée par Crouïa-

Bey. Celui-ci se précipite vers elle et plonge avec un léger renvoi.

— Mes hommages, madame, articule-t-il.

Il dégote, Crouïa-Bey. Il a des yeux de braise, un front de penseur, des mains de pianiste, une taille de guêpe, une barbe de sapeur, des lèvres de corail, un thorax de taureau, ah! qu'il est beau! ah! qu'il est beau!

Il a pas mal tapé dans l'œil à Léonie.

Pradonet et lui se serrent cordialement la dextre.

Yvonne (c'est la fille à Pradonet) entre. On la présente au fakir.

On commence à bavarder quand on annonce que c'est servi.

On s'installe dans la salle à manger autour d'une langouste mayonnaise au sujet de laquelle on épilogue un petit bout de temps. Puis c'est le gigot avec dedans des gousses d'ail si grosses qu'on dirait des asticots cuits. Cette masse de bidoche s'accompagne de flageolets; tout le monde pense aux vents que leur absorption provoquera, mais on a de l'éducation ou on n'en a pas : motus! pas de plaisanteries sur ce sujet! Pradonet regarde avec admiration le fakir. Qu'est-ce qu'il a comme coup de fourchette. Il dévore. Léonie avait raison : c'est pas possible, il avait dû se retenir de déjeuner. Léonie, elle, a oublié son pronostic. Elle surveille du coin de l'œil l'invité. Il se tient rudement bien. Foutre! quelle distinction! Il a dû claper dans le monde, probable. Léonie se sent de l'affection pour lui. Elle a envie de le taquiner.

38

Yvonne, elle, ne s'occupe de rien de tout ça ; depuis hier soir elle a un nouvel amant, le jeune Perdrix qui travaille à la Rivière Enchantée. Elle s'est donnée à lui dans une des petites barques qui promènent les amoureux dans une Venise en carton ignifugé. Ça oscillait terriblement, ils avaient peur de tomber dans la flotte, une eau poussiéreuse et cendrée. Enfin, ils sont jeunes, ils ont cru avoir du plaisir. Aussi a-t-elle d'autres préoccupations que le dîner, le fakir et le reste.

— Je parie, dit Léonie, je parie que vous avez connu He'lem-Bey.

He'lem-Bey, c'est un fakir célèbre, natif de Rueil et prénommé Victor. Il est bien connu sur la place de Paris.

— Moi ? s'écria Crouïa-Bey, jamais de ma vie, chère madame ! He'lem-Bey ? Un fumiste, qui a gâché le métier. Pour ma part, je n'ai jamais été en rapport qu'avec des vrais.

— Bah, dit Léonie, il y en a donc des vrais ? Où ça ?

— Ici même tout d'abord. Vous n'avez qu'à me regarder.

— De quel bled vous êtes, monsieur Crouïa-Bey ? demanda Léonie.

— De Tataouïne, dans le Sud-Tunisien, répondit le fakir en tranchant avec décision dans une falaise de roquefort. Ah ! Tataouïne, Tataouïne, agi ména, fiça l'arbiya, chouïa chouïa barka, excusez-moi, c'est le mal du pays qui me saisit aux tripes, la nostalgie du désert… du désert avec ses chameaux qui se balancent… tenez comme ça.

Il se leva et fit le tour de la table en imitant la démarche du dromadaire. Eusèbe et Léonie, renversés en arrière sur leur chaise, se décrochaient la mâchoire tellement ils trouvaient ça prodigieux.

— Fafafafafameux, bégayait Pradonet.

Léonie s'essuyait les yeux.

— Blague dans le coin, dit-elle, je parie que vous êtes de Houilles ou de Bezons, peut-être même de Sartrouville, je reconnais ça à votre accent.

— Non, chère madame, répondit l'autre, je suis un Arabe pour de bon, un vrai de vrai. Écoutez-moi ça.

Il poussa l'appel à la prière du muezzin.

— C'est jeté, approuva Pradonet.

— Ça y est, j'ai trouvé, s'exclama Léonie. Vous ne seriez pas le frère de Jojo Mouilleminche qui chantait à l'Européen sous le nom de Chaliaqueue ?

— Tais-toi donc, tu vois bien que tu l'enquiquines, dit Pradonet en voyant la gueule de Crouïa-Bey s'allonger. Et toi, ajouta-t-il en s'adressant à Yvonne, c'est l'heure !

Sans mot dire, Yvonne se leva de table.

— Mademoiselle nous quitte déjà ? fit galamment le fakir.

— Ne la retenez pas, dit Pradonet avec humeur, il faut qu'elle aille à son boulot. Pas difficile d'ailleurs, ni bien fatigant, ce qu'on lui demande.

Yvonne sortit de la pièce.

— Elle a un petit stand avec une mitrailleuse.

Ça l'occupe. En attendant qu'elle se marie. Moi, pour sûr, je ne l'entretiendrais pas à ne rien faire. Quoique j'en aurais bien les moyens si je voulais.

— Je pense bien, dit le fakir. Avec une entreprise comme celle-là, vous devez avoir pas mal d'argent à gauche.

— Vous pouvez dire que je ne suis pas de ceux qui tremblent quand ils voient arriver le terme. Puisque je suis mon propre propriétaire !

— Tu n'es pas forcé de raconter tes affaires, dit Léonie.

— Peuh ! je ne dis rien de secret. Tout le monde sait qu'elle est à moi cette bicoque. Il aurait peut-être même été capable de le deviner.

Au fakir :

— Vous faites de la double vue ?

— Non. Vous savez aussi bien que moi que la double vue, c'est du chiqué.

— Il a des oublis comme ça, lui dit Léonie. C'est pas un aigle.

— Moi, continua Crouïa-Bey, ce que je fais c'est du solide, du concret, du réel : les sabres, les épingles à chapeau, les planches à clous, le verre pilé, les charbons ardents. Et pas de trucage avec moi.

— Bigre, dit Pradonet avec conviction.

Mais Léonie était décidée à taquiner le fakir.

— Vous êtes bien sûr, demanda-t-elle, que vous n'êtes pas le frère de Jojo Mouilleminche ? Je me souviens qu'il me racontait tout le temps que son frère après avoir fait son temps en

Afrique était resté là-bas. Il avait fait toutes sortes de métiers, et puis un jour, la vocation lui était venue : il voulait devenir fakir. Ça ne serait-il pas vous par hasard ?

— Fiche-lui donc la paix, dit Pradonet. On se croirait chez le juge d'instruction.

— Y a erreur, y a erreur, dit Crouïa-Bey, mais je vois bien que madame veut me faire marcher. Bien sûr que je ne connais pas ce Jojo Machin.

Il vida sa tasse de café, brûlant comme il se doit, et la reposa d'un geste méditatif qui ne manquait pas de grâce. Léonie observait les ondulations de sa barbe qui reflétait ses hésitations entre le chemin du mensonge obstiné et celui des aveux plus ou moins partiels.

— Un cigare ? proposa Pradonet.

L'autre accepta, coupa le bout avec précision (et distinction) et l'alluma au briquet tendu par son hôte.

— Bon, dit-il. Bon, bon, ajouta-t-il. Bon, c'est bon, conclut-il. Faut dire que c'est une drôle de coïncidence.

— Alors je suis tombée juste ? demanda Léonie.

— Vous avez mis dans le mille, répondit Mouilleminche. Moi, je m'appelle Robert, et mon frangin c'était bien le chanteur. Alors vous l'avez connu ? C'est drôle la vie tout de même, il y a que les montagnes qui ne se rencontrent pas, alors comme ça vous l'avez connu ?

— Je veux, dit Léonie. Ç'a été mon premier béguin.

— Ça ne m'étonne pas, dit Mouilleminche, il n'y avait pas plus coureur que lui.

— Qu'est-ce que vous insinuez? demanda Léonie.

— Vous n'allez pas me dire que c'était pas un chaud-de-la-pince? s'exclama Mouilleminche. À preuve, c'est de ça qu'il est mort.

— Il est mort? s'exclama Léonie.

Elle hésita un instant. Mais c'était bien évident qu'il était mort.

— Mon premier amour! gémit-elle.

Et ce furent des pleurs. Pradonet se rapprocha d'elle pour la consoler, mais elle ne voulait pas se laisser consoler, elle.

— C'est malin de raconter des histoires sans y réfléchir, dit-il au fakir. On peut le dire que vous ne l'avez pas, la double vue.

— Laisse-le, laisse-le, murmura Léonie. Qu'il me raconte plutôt comment ça s'est passé.

— Moi, je veux bien, dit Mouilleminche. Seulement, faut plus pleurer. Qu'est-ce que vous voulez, c'est des choses qui arrivent à tout le monde, pas vrai? Faut en passer par là. Et puis moi je le pleure bien pas, moi qui suis son frère. Il est vrai que maintenant j'y suis habitué à cette idée-là : qu'il est mort.

— Allez-y donc de votre histoire, dit Pradonet, vous voyez bien que ça lui ferait plaisir, de l'entendre.

Mais Léonie revenait peu à peu à un état plus normal.

— Vous devez me trouver idiote, dit-elle au fakir en se tamponnant les yeux. Être dans cet état-là pour un type qu'on a connu à dix-sept ans, et qui vous a laissé tomber à dix-sept ans et demi. Comme je vous le dis. Il faut ajouter que c'est lui qui m'a révélé l'amour. Alors, comme ça : il est mort ? Je m'étais toujours demandé ce qu'il était devenu. Je ne le voyais plus figurer sur les affiches. Je me disais qu'il devait traîner la pouille quelque part loin de Paris.

— Eh bien, non, ce n'est pas ça. Il est mort. Depuis, il ne traîne plus pouille ni rien. Voilà comment c'est arrivé. Il chantait à Palinsac quand il est tombé amoureux d'une jeune fille qui était la fille d'un monsieur très bien de la ville. Il avait, le monsieur, une belle maison dans un faubourg, tout entourée d'un jardin et d'un grand mur, et mon frangin, qui était culotté, sautait le mur, traversait le jardin et pénétrait dans la splendide villa où l'attendait la jeune fille qui ne manquait pas d'audace, elle non plus. Mais figurez-vous qu'un matin on l'a trouvé étendu, tout de son long, au bas du mur, dans la rue. Il s'était cassé la gueule en repartant. Le crâne, tout fendu, n'était plus utilisable. Voilà comment mon frère est mort.

— Ça c'est une mort, dit Léonie avec enthousiasme. C'est romanesque, c'est passionnel, c'est vivant. Ce n'est pas mon Pradonet qui trouvera une fin comme celle-là, hein, mon gros frise-à-plat ?

— Hrrrouin, fit Pradonet.

— Et la jeune fille ? demanda Léonie, qu'est-ce qu'elle est devenue ?

— Je n'en sais fichtre rien, répondit le fakir. Je ne pourrais même pas vous dire son nom ni son adresse. À cette époque-là, je me trouvais à Alexandrie, vous savez, en Égypte. C'est ma mère qui m'a écrit tout ça, et quand je suis rentré en Europe, ma mère était morte, je n'avais plus de famille, parce que mon père je ne l'ai même jamais connu.

— Vous étiez orphelin quoi, dit Pradonet.

— Ce Jojo, tout de même, dit Léonie pensive. Mourir comme ça : quelle histoire ! Et ça ne nous rajeunit pas. C'était le bon temps ce temps-là, j'étais jeune, je me fichais de tout et je chantais. Car j'étais chanteuse, sidi Mouille-minche, chanteuse légère. Je batifolais avec une robe courte à paillettes, vous auriez vu ça. Et allez donc c'est pas mon père, que je faisais en me cognant le nez avec mon genou. J'avais une façon de jeter mon talon au-dessus de mon chignon, non ! C'est pas les hommes qui me manquaient. Et puis un jour ma voix s'est cassée ; alors je me suis mariée, et j'ai tenu la caisse d'une attraction... mais je n'ai pas oublié Jojo.

— Mme Prouillot est une sentimentale, dit Pradonet, tandis que moi, mon premier amour, ah ! là là, je serais bien incapable de dire ce que c'était.

Crouïa-Bey souleva son verre de fine et pour changer de conversation :

— À la vôtre, dit-il.

— À la bonne vôtre, dirent Léonie et Pradonet.

Ils se jetèrent l'alcool derrière la cravate et

restèrent quelques instants silencieux en tétant leur cigare, ils : Eusèbe, Robert et Léonie, car celle-ci s'habillait un peu à l'hommasse et s'adonnait au tabac fort.

— Et qu'est-ce que vous dites de votre local? demanda Pradonet au fakir.

— Pas mal. Évidemment, j'ai vu mieux, mais les temps sont durs.

— Vous avez besoin de servants?

— Un seul me suffira. J'ai un costume pour lui. Un chômeur quelconque fera l'affaire.

— Et vous me garantissez six représentations entre neuf heures et minuit?

— Je ne vous l'ai pas promis?

— Si, si, dit Pradonet. Alors, six fois dans la soirée, vous lécherez une barre de fer rougie à blanc?

— Parfaitement.

— Moi, dit Léonie, moi je me demande qui ça pouvait bien être cette jeune fille.

— Aucune idée, répondit le fakir. Je n'ai personne en ce moment, vous pourrez me trouver un type pour me présenter mes ustensiles?

— On peut se retrouver demain midi pour l'apéritif à l'Uni-Bar, dit Pradonet, les cloches n'y manquent pas.

— Entendu, dit le fakir.

— Je dois confesser que j'ai connu plus d'un homme, dit Léonie, mais ma parole, je ne l'ai jamais oublié, lui, alors vous comprenez que ça m'intrigue, cette jeune fille : la dernière maîtresse de mon Jojo.

Elle noya le mégot de son cigare dans le bain de pieds qui croupissait dans sa soutasse.

— Qu'est-ce que vous en pensez, sidi Mouilleminche? demanda-t-elle au fakir.

— Je ne m'en suis jamais soucié, répondit Crouïa-Bey avec ennui.

— Si tu permets, m'amour, dit Pradonet, je trouve que de ta part c'est une idée un peu malsaine.

— Qu'est-ce que tu veux, c'est une curiosité.

— Éternel féminin, soupira galamment le fakir qui joignit à ce propos son plus charmant sourire, Ève… Psyché… Pandore…

— «Brigadier, répondit Pandore», chantonna Pradonet, «brigadier, vous avez raison.»

— Pas la peine d'essayer de me mettre en boîte avec vos allusions que je ne comprends pas, dit Léonie. Je ne suis pas idiote, allez.

— Chérie, dit Pradonet en lui prenant tendrement la main.

Ils restèrent quelques instants à se regarder gravement les yeux dans les yeux. La barbe du fakir ondulait doucement sous l'effet de pensers indicibles.

— Allons, au travail, dit Léonie en retirant brusquement sa main de l'étreinte adultère.

Elle se lève avec décision. Crouïa-Bey se dresse également, assez surpris et embarrassé.

— Mais restez donc, dit Pradonet. Nous ne sommes pas pressés, nous. À neuf heures tapantes, Léonie est à son poste et…

— Tu donneras des explications après, dit

Léonie, je n'ai pas le temps d'attendre. Excusez-moi, sidi Mouilleminche, mais l'exactitude, voyez-vous, c'est ce qui vous mène à la fortune. J'espère qu'on se reverra et qu'on reparlera de tout ça. Jojo... tout de même... Enfin... Au revoir, Zebbi.

Eusèbe et sa maîtresse se bécotèrent sans discrétion, et de son côté le fakir plongea de nouveau sur une main tendue, qu'il remarqua copieusement diamantée. Il faillit même s'écorcher le nez, qu'il avait long, sur un dix carats agressif.

Léonie sortit, le grand patron offrit cigare, nouvelle tournée de fine :

— Oui, dit-il, elle est comme ça. Tous les soirs pendant la saison à neuf heures pétantes, elle va s'asseoir à côté de la caissière de l'Alpinic-Railway et de son poste d'observation elle surveille le Park. Si quelque chose ne va pas, elle se déplace. Faut vous dire aussi que l'attraction lui appartient : c'était son mari le propriétaire lorsque nous nous sommes associés. Vous n'avez jamais connu son mari ? Albéric Prouillot ? Un ancien prestidigitateur qui s'était brisé des doigts, un jour, sur la mâchoire d'un nègre, et figurez-vous que ce nègre qui était de la Martinique et qui s'appelait Louis Durand, ce nègre avait un petit manège qu'il a vendu, et, comme Prouillot ne pouvait plus exercer son métier, ils se sont associés pour acheter l'Alpinic-Railway qui était alors flambant neuf, je vous parle d'il y a une quinzaine d'années, depuis je l'ai modernisé. Puis Durand est mort, et quand j'ai créé l'Uni-Park c'est avec Prouillot seul que je me suis associé. Je ne dis pas, remarquez, que c'était mon seul associé, parce que pour fonder une affaire comme ça, il en fallait des capitaux, je dis seulement qu'à ce moment-là, l'Alpinic appartenait à Prouillot seul. Mais ça vous embête mes histoires, hein ?

— Pas du tout.

— Enfin... tout ce que je peux vous dire, c'est que le Jojo en question, votre frère quoi, je ne l'ai jamais connu, celui-là. Dans ce temps, Léonie, je n'y pensais même pas, pour la bonne raison que je ne savais même pas qu'elle existait. C'est vrai ça. J'avais un manège de chevaux de bois pour enfants, des vrais chevaux de bois qui me venaient de mon père, c'était pas riche je vous assure. Je suis parti de pas grand-chose, c'est certain ; mais voulez-vous voir ce que je suis devenu ? Venez.

Il vida son verre avec la même décision qu'avait eue Léonie pour liquider le sien et se leva.

— Nous allons monter sur la terrasse, continua-t-il, et je vous montrerai cela.

Le fakir lampa les dernières gouttes de la quantité d'alcool que son hôte lui avait allouée.

— Excellente, cette fine.

— Vous avez bien dîné ? demanda cordialement Pradonet. Bon. Eh bien, maintenant, vous allez contempler un de ces points de vue, vous m'en direz des nouvelles.

Il mena donc son invité sur la terrasse de l'immeuble qu'il avait fait construire à l'un des angles du quadrilatère occupé par l'Uni-Park, au coin du boulevard Extérieur et de l'avenue de la Porte-d'Argenteuil. Pradonet, sa fille et Mme Prouillot habitaient à eux trois les deux derniers étages. Au second logeaient les Tortose, au premier les Perdrix, au rez-de-chaussée les concierges et des hôtes de passage qui occupaient de temps à autre des chambres ad hoc.

— Hein, qu'est-ce que vous en dites? demanda Pradonet lorsqu'ils furent arrivés.

L'Uni-Park s'étalait lumineux, grouillant et sonore. Les musiques, les bruits et les cris montaient tous ensemble; d'un seul coup, ils tapaient en bloc dans les oreilles. Au-dessus des multiples lumières, immobiles ou agitées, des avions, attachés à un haut pylône, tournaient silencieusement en rond dans une zone déjà obscure et par conséquent poétique. Mais en dessous cela ressemblait fort à un fromage où eussent rampé des larves noires éclairées par des vers luisants.

— Eh bien, dit Pradonet, tout cela est à moi, ou presque. En tout cas, je dirige, je commande, j'organise. Je ne vous dirai pas mon chiffre d'affaires, mais il y a des jours où nous voyons cent mille visiteurs. Vingt attractions se les partagent tour à tour, et je ne compte pas les loteries, les jeux d'adresse et les tirs que vous voyez réunis pour la plupart, là-bas entre l'Alpinic-Railway et le Dancing, près de la porte à l'angle de l'avenue de Chaillot et de la rue des Larmes. Mais l'entrée principale, c'est là devant nous, celle du coin du boulevard Extérieur et de l'avenue de Chaillot, et à droite en entrant, à notre gauche à nous par conséquent, vous reconnaissez la huche que je vous ai réservée? Juste devant le Métro Fantastique où la foule est en train de s'empiler?

— Je reconnais, dit Crouïa-Bey.

— Oui. Tout ça. Tout ça, c'est à moi. Ou presque. Et je suis parti de rien. Ou presque : un manège de chevaux de bois, des vrais chevaux de bois, mon cher monsieur.

— Et cette partie obscure, là, qu'est-ce que c'est?

— Où donc?

— Mais là... le long de cette rue... on dirait qu'il y a une petite chapelle et des arbres...

— Oh! ça? ce n'est rien. Ne m'appartient pas. On va redescendre maintenant, si vous voulez bien.

— Tiens, vous faites de l'astronomie? demanda le fakir en repérant une longue-vue montée sur un trépied.

— Oh! ça? Ça me sert quelquefois à surveiller la marche des opérations. Tenez, vous voulez voir Mme Prouillot à la caisse de l'Alpinic-Railway?

Il orienta la lunette. Le fakir colla son œil.

— Elle est là en effet, dit-il poliment.

Pradonet colla son œil à son tour.

— Sacrée Léonie, murmura-t-il, solide au poste mais mélancolique ce soir. C'est la faute à votre Jojo, ajouta-t-il en se tournant vers le fakir.

51

— Si elle n'avait pas insisté, n'est-ce pas, on n'en aurait pas parlé.

— Tout juste. Les femmes, tout de même, quelles drôles de brebis. Jamais des idées comme tout le monde. Nous, les hommes, ça tourne rond, tandis qu'elles : toujours des à-coups. Mais faut dire que leurs mensualités y sont pour quelque chose. Ça leur brouille le fonctionnement du cerveau, parce qu'il y a un rapport entre les deux, c'est moi qui vous le dis. D'ailleurs vous avez dû étudier ça pour faire vos tours, vous devez connaître le corps humain.

Pradonet orientait différemment son appareil.

— Tenez, vous voulez voir ma fille ?

Le fakir colla son œil.

— Elle est là en effet, dit-il poliment.

Pradonet colla son œil à son tour.

— Il n'aurait plus manqué que cela, dit-il. Figurez-vous qu'hier elle a tout plaqué pour aller se faire offrir un tour d'autos à ressorts par un godelureau que je me demande ce qu'il pouvait bien avoir pour la séduire. La garce n'est pas difficile, je le sais, mais tout de même il y a le travail. On ne lâche pas son stand comme ça. Parce que, pour le reste, je ne me fais pas d'illusions : elle ne vaut pas cher. Les temps veulent ça : les journaux nous ont prévenus.

Il soupire et change encore une fois l'orientation de la lorgnette.

— Maintenant, dit-il, on va un peu examiner les entrées, voir si ça marche.

— Allez-y, dit le fakir qui en a soupé de la Parkoscopie.

Pradonet colle son œil.

— Ça va, le mouvement est bon. Tiens...

— Il y a quelque chose qui ne va pas? demanda le fakir.

— Tiens, tiens, mais c'est mon coquin...

Toujours à demi ployé, il se tourna vers Crouïa-Bey :

— C'est le garçon qui a débauché ma fille hier, et qui après, il faut que je vous raconte ça, et qui après m'a fait glisser un voiturin dans les jambes et je me suis affalé là-dedans les quatre fers en l'air. Si ç'avait été un autre que moi, j'aurais trouvé le coup pas mal drôle. Ce garçon travaillait au Palace, après cette histoire on l'a foutu à la porte, naturliche. Eh bien, je viens de le voir rentrer. Il avait payé son entrée, je l'ai vu remettre son ticket. Il s'est arrêté devant votre affiche.

Il colla de nouveau son œil à l'oculaire.

— Merde! s'écria-t-il, il a disparu.

Il se mit à le poursuivre, braquant sa longue-vue dans tous les coins. Il finit par le rattraper.

— Ah! le revoilà. Devant le Grand Serpent Vert. Non, ça ne l'intéresse pas. Le voilà qui se dirige maintenant du côté du dancing, mais il n'a sûrement pas l'intention d'entrer. C'est bien ce que je pensais, il continue son chemin. Le voilà maintenant devant une loterie, on pourrait croire qu'il va jouer, mais non il se contente de regarder tourner la roue. Il en a assez. Il s'en va. Le voilà maintenant devant La

Belle au Bois Dormant, une attraction inventée par Prouillot, tenez. Vous savez, il y a une femme couchée dans un lit, pour vingt sous on a le droit de viser dans une cible; si on met dans le mille, le lit bascule et on voit la poule rouler par terre. Elle est déshabillée, pas la peine de vous le dire. Ça rapporte bien, une attraction comme ça. Il était pas bête, Prouillot. Mais mon gaillard va plus loin. Je sais où il va mon gaillard. Naturellement. Je l'avais bien dit. Le revoilà qui lui fait du plat. Il est culotté alors. Et qu'est-ce qu'il peut bien lui raconter?

— Ça ne vous ennuie pas que je vienne un peu bavarder avec vous? demanda Pierrot à Yvonne.

— Mais non bien sûr, répondit Yvonne. Au contraire, c'est gentil de revenir me voir.

— Vous n'avez pas eu d'histoires après le coup d'hier?

— L'engueulade traditionnelle, surtout parce que j'avais plaqué le stand.

— Alors, sans blague, vous êtes la fille du grand patron?

— Pourquoi pas?

— Tout de même, fit Pierrot, c'est quelqu'un.

— Allez, me charriez pas. Je ne suis pas sortie de la cuisse à Machinchouette.

— Et vous travaillez, comme ça?

— Faut bien. C'est les ordres. Et puis ça ne m'ennuie pas. Je vois du monde. Je fais mon éducaaaation.

— Vous êtes rigolote, vous. Vous n'avez pas l'air de vous en faire.

— Vous, vous avez le bourdon, hein ? ce soir.

— C'est que c'est pas drôle. Je n'ai plus d'emploi. Toujours chômeur.

— Pauvre vieux. On vous a fichu à la porte, c'est vache.

— Bah! Et vous, vraiment pas eu d'ennuis ?

— Mais non, vous voyez.

— Et ça marche, ce soir ?

— Couci couça.

Un groupe de gamins s'approchait.

— Ayez pas peur, dit Pierrot. C'est quarante sous les vingt-cinq balles et tu te croirais à Chicago. Et puis ça t'entraîne pour le casse-pipe. Hésitez pas les gars, une occasion unique.

Un des petits y alla de son larenqué et pendant ce temps-là Yvonne et lui continuèrent la conversation.

— Ça a l'air d'un terrible le papa, dit Pierrot.

— Pensez-vous. Je ne le vois pas méchant pas du tout. Seulement faut bien gueuler quand on commande.

— Possible. La dame avec lui, elle, ne doit pas être commode. Elle en faisait une tête.

— Après tout, qu'est-ce que ça peut vous faire ?

— Oh! rien. Je causais.

— Causons d'autre chose de plus drôle.

— Faut m'excuser.

— Vous êtes tout excusé, voyons.

Le gosse avait fini son carton. Yvonne alla le lui chercher.

— Pas fameux, mon petit père, dit Pierrot. Faut remettre ça.

L'autre se laissa convaincre et de nouveau la mitrailleuse crépita.

— Alors, dit Pierrot à Yvonne, on ne pourrait pas se voir un peu tranquillement un de ces jours ?

— C'est difficile. Je suis là tout l'après-midi et toute la soirée.

— Et après ?

— Comme vous y allez.

— Quand alors ? Le matin ?

— Peut-être.

— Où ?

— Attendez. Pas si vite.

— Alors, vous ne voulez pas ?

— Je vous ai dit peut-être le matin.

— Où ?

— Je passe quelquefois vers onze heures dans la rue des Larmes. Mais ne m'attendez pas plus longtemps. Si vous ne me voyez pas, c'est que je n'aurai pas pu.

— Où ça se trouve cette rue des Larmes ?

— La rue derrière, celle qui va de la petite entrée à l'avenue de la Porte-d'Argenteuil.

— Vous y serez demain ?

— Peut-être.

— Moi, j'y serai.

Le chargeur était épuisé. Yvonne alla quérir le carton. Pierrot se sentit alors des ailes : deux malabars venaient de le saisir chacun par un bras et l'entraînaient vers la sortie avec une vélocité telle que ses talons ne touchaient pas terre, et avec une habileté si grande que personne ne remarqua sa disparition. Près de la caisse, deux autres mastards l'attendaient, qui le regardèrent sous le nez. Ils se dirent entre eux :

— Tu reconnaîtras son portrait ? Oui ? Alors, défense de le laisser rentrer.

Puis tous quatre le projetèrent dans la nuit.

— Voilà du travail proprement fait, dit Pradonet qui suivait la scène du haut de sa terrasse. Vous avez vu comment je procède ? Un coup de téléphone, et hop ! le perturbateur est expulsé sans pertes ni fracas. Ça c'est de l'organisation. Vous ne trouvez pas ?

— Épatant, dit le fakir.

— Pauvre type, ajouta Pradonet. C'est sûrement un malchanceux. Seulement on n'a pas idée de venir déranger les employées durant leur travail. Yvonne a autre chose à faire qu'à écouter ses boniments. Il n'a pas de veine. On voit ça tout de suite. Par exemple, il aurait très bien pu passer inaperçu, ce soir. Mais non ! il a fallu qu'il se fasse repérer : et par moi encore ! Vous croyez à la chance, monsieur Mouilleminche, vous qui savez des tas de trucs ?

— C'est une chose qui se commande, comme le reste.

— Non ! s'exclama Pradonet. Vous n'allez pas me soutenir que... lorsqu'il vous tombe un pot de fleurs sur la tête, par exemple...

— Les fakirs ne reçoivent jamais de pots de fleurs sur la tête.

Rêveusement, Pradonet rangea la lunette.

— Et cette partie qui n'est pas illuminée! demanda Crouïa-Bey, vous ne m'avez pas dit ce que c'est.

— Mais si, répondit Pradonet agacé. Je vous ai dit que ce n'était rien. Rien. Rien.

III

Depuis deux ans, Pierrot habitait le même hôtel, c'était devenu une habitude, l'hôtel de l'Aveyron, une bâtisse d'un matériau léger et à un seul étage, avec un balcon extérieur qui faisait communiquer entre elles les différentes chambres. La cour était une ancienne cour de ferme, une lucarne donnait vue sur un jardin de couvent. Le voisin était un vieil ouvrier extrêmement discret et silencieux. Plus loin, il y avait des couples qui s'occupaient surtout d'eux-mêmes. Les patrons étaient insoucieux. Une servante maritorne n'avait point cherché à attenter à la pudeur de Pierrot. C'était d'ailleurs une bonne bougresse assez serviable. Pierrot se trouvait très bien en ce logis.

Le lendemain de sa seconde expulsion de l'Uni-Park, il ne se leva qu'assez tard, vers les sept heures, après avoir cagnardé au lit. Il se lava soigneusement tous les endroits où ça peut sentir mauvais, se mouilla les cheveux, se brossa de la main, essuya ses souliers contre le bas de son pantalon, le voilà prêt, il est maintenant devant un jus bouillant sur un zinc, il lit La

Veine pour y chercher le petit dada sur lequel il risquera deux thunes, il y réfléchira toute la matinée, il n'est encore que huit heures.

Il est remonté dans sa chambre. On a épousseté le parquet et retapé le lit. Pierrot étale La Veine pour ne pas salir le couvre-pied, et puis il s'allonge. Il fume. Il attend que passent les heures. Les hommes sont partis au boulot. Les ménagères cancanent. Des autos roulent dans la rue, des petites filles jouent dans le jardin du couvent. C'est du très calme.

De temps à autre, Pierrot ferme les yeux, et il saute comme ça dix minutes, un quart d'heure. Quand il rouvre les yeux, tout est pareil. Alors il recommence à attendre, il reprend une cigarette, et de nouveau de lents et rares pouf-pouf de fumée se traînent à mi-plafond. Il y a un gros rayon de soleil couché devant la porte, ouverte sur le balcon. De grosses mouches entrent faire un tour, puis ressortent irritées. Des petites se baladent un peu partout. Les ménagères sont parties au marché. La récréation est terminée. La circulation bourdonne à quelques pas. Tout est changé, tout changera encore, avec les heures.

À neuf heures et demie, Pierrot se lève, plie La Veine et se met en route. Il y a un bon bout de chemin de chez lui à l'Uni-Park; il le fit à pied. Il marchait sans se presser, en n'éloignant jamais beaucoup ses semelles de l'asphalte. Il s'arrêtait devant les boutiques qui lui plaisaient : les marchands de biens avec leurs villas à la campagne, les marchands de timbres-poste, les marchands de bicyclettes, les marchands de journaux, les garages. Il ne rata pas un fabricant de roulement à billes qui exposait dans sa vitrine des rebondissements mathématiques de petites sphères d'acier sur des tambourins de même métal. Puis il remonta l'avenue de Chaillot et bientôt il aperçut l'Uni-Park : sa porte d'entrée monumentale avec des femmes nues en stuc, leur chignon, leur large bassin et leur ptôse abdominale, les échafaudages de l'Alpinic-Railway, la tour aux avions.

Sans se presser plus, il passa devant les portes fermées, il longea le mur du dancing, puis, au coin de la rue des Larmes, il tourna sur la droite, devant l'entrée secondaire, où portes également fermées.

Jusqu'alors, il n'était jamais venu dans cette rue à demi zonière. Des ateliers de réparation d'automobiles et quelques bistrots occupaient la rive gauche, ainsi qu'une villa qui devait dater du temps de Louis-Philippe. De l'autre côté, le mur de l'Uni-Park s'arrêtait à une vingtaine de mètres de l'avenue de Chaillot. Plus loin, il y avait, séparée de la rue par une grille, une sorte de chapelle au milieu d'une espèce de square. Tout d'abord, Pierrot ne s'y intéressa guère. Il allait et venait, guettant à l'une ou l'autre de ses extrémités l'apparition d'Yvonne. Mais Yvonne ne parut point. Lorsque vint midi, il fallut bien croire qu'elle ne passerait plus ce jour-là.

Pierrot put alors remarquer un homme qui sortait de la maison louis-philipparde ; qui ferme à clef derrière lui ; qui traverse la rue ; qui, au

moyen d'une seconde clef, ouvre la grille ; qui
pénètre dans le square ; qui, d'une troisième
clef, ouvre la porte de la chapelle, cela semblait
bien être une chapelle, mais d'un style inconnu
de Pierrot, d'ailleurs fort peu archéologue.
C'est là qu'entre l'homme. La porte se referme
derrière lui. Pierrot, intéressé, commence à se
demander s'il ne va pas risquer quelques pas
de ce côté-là. Ce qu'il fait finalement. Mais
l'homme sort à ce moment. Et Pierrot :

— Pardon, monsieur, pouvez-vous me dire...
Mais l'autre :

— Vous êtes Poldève, jeune homme ?

— Moi ? Non. D'ailleurs je ne sais pas ce...

— Alors ? Un curieux ?

— C'est-à-dire que je passais par hasard et
que...

— Ah ! ah ! jeune homme, vous voulez dire
que vous ne savez pas ce que c'est que cette
chapelle ?

— Pas du tout, monsieur.

— Ah ! ah ! c'est qu'en effet ce n'est pas un
monument très connu. Il y a bien des livres qui
en parlent, mais ils sont très savants et on ne
les trouve que dans les bibliothèques.

— Je n'ai jamais eu beaucoup le temps d'y
aller.

— Je ne vous en fais pas un reproche, jeune
homme. Alors, comme ça, vous vous demandez
ce que ça peut bien être.

— Oui, monsieur. Si je ne suis pas indiscret...

— Pas du tout. Mais...

Il tira un bel oignon de sa poche et regarda l'heure.

— ... il est temps d'aller déjeuner. Ce sera pour une autre fois. Au revoir, jeune homme.

Et il traversa la rue. Ouvrant avec sa première clef la porte de sa maison, il rentra chez lui.

Devant un garage, des ouvriers discutaient le coup. Pierrot s'approcha de leur groupe et s'enquit poliment des origines et de la nature de ce petit monument qu'on voit là, dans ce square.

— J'en sais rien, dit l'un.

— Entre nous, qu'est-ce que ça peut te faire ? demande l'autre.

— C'est une chapelle, répond un troisième. Pour visiter, faut s'adresser au type qui habite en face.

— Ah ! oui ? firent les deux premiers épatés par cette science.

Ils se mirent à examiner ce truc que jusqu'à présent ils n'avaient jamais remarqué.

Pierrot remercia pour le renseignement, puis il se dirigea vers l'Uni-Bar, un café célèbre dans le quartier, au coin de l'avenue de la Porte-d'Argenteuil et du boulevard Extérieur, en face de l'immeuble de Pradonet. Les employés de l'Uni-Park y venaient nombreux ; un tabac et un P.M.U. y attiraient un supplément de clientèle ; des femmes qui racolaient autour des (et grâce aux) attractions y tenaient un poste d'observation et d'information ; les sandwiches y étaient bons. Pierrot en commande un, au jambon, avec du beurre et beaucoup de moutarde, et selon l'usage l'arrose de vin blanc. Il espérait rencontrer Paradis, qu'il ne trouva pas. Alors, tout en mordant dans son déjeuner, il s'approcha de la cage de l'employé du P.M.U. Il était trop tard. Pierrot le savait. Sur le programme, il chercha son cheval, ne regretta pas trop de n'avoir point joué. Il se rabattit sur un appareil à billes, mit vingt sous dans le monnayeur. Bientôt, il y eut cercle autour de lui, et cercle admiratif. C'était merveille de voir les petites boules réussir les itinéraires maximum, s'engager dans les couloirs les mieux défendus par les plus astucieux obstacles, tomber dans les cuvettes, éclairer les bornes, tapoter les plots. Pierrot fit vingt-deux mille points à sa première partie, soit sept mille de plus qu'il ne lui en fallait pour avoir droit à une gratuite. À la seconde, il atteint les trente mille ; à la troisième, il revient à seize mille ; à la quatrième, il regrimpe à trente et un mille. Tout ça pour vingt sous. Il avait fini son sandwich ; il abandonna gracieusement la partie à rejouer pour un quelconque gamin qui ne craindrait pas de se ridiculiser en manipulant l'appareil après lui.

— Eh bien, mon garçon, on peut dire que tu y tâtes.

Pierrot crut reconnaître son interlocuteur ; il n'en était pas sûr. Il but son vin blanc sans se presser, puis :

— On fait de son mieux, dit-il modestement.

— Tu fais de ton mieux aussi lorsque tu fous ton patron les quatre fers en l'air, répliqua Pradonet.

— Ça fait combien? demanda Pierrot au garçon.

— Faut pas te sauver, je ne te ferai pas de mal. Ah! ah! tu m'as joué un drôle de tour, ce jour-là. Ah! ah!

Pierrot empocha sa monnaie et ne savait trop comment s'esquiver.

— Je te reconnais bien, insista Pradonet, j'ai le coup d'œil américain. Et qu'est-ce que tu fais maintenant?

— Je suis dans le cirage, dit Pierrot avec résolution.

Pradonet l'examina quelques instants en silence, puis:

— Tu me donnes des remords, tiens.

Il se tourna vers un individu aussi barbu que distingué qui piétinait derrière lui:

— Tenez, lui dit-il, voilà un garçon qui fera votre affaire.

— Je veux bien, dit Crouïa-Bey, mais faudra qu'il enlève ses lunettes.

— C'est pour quel boulot? demanda Pierrot.

— Vous vous habillerez en Hindou, dit le fakir, j'ai un costume, et vous me passez les ustensiles avec des signes de respect. Je vous montrerai ça. Je vous bronzerai le teint aussi.

— Ça te va? demanda Pradonet. Tu travailleras dans la première huche à droite, après la caisse.

— Soyez là ce soir à huit heures, dit Crouïa-Bey.

— Mais on ne me laissera pas entrer, dit Pierrot.

65

— Je donnerai des ordres, dit Pradonet. Mais ne recommence pas à faire du plat à ma fille, sans ça, gare ! À l'extérieur ça vous regarde, m'en balance. Mais pendant le travail, faut se tenir.

— Je vous remercie, monsieur, dit Pierrot.

— Alors, à ce soir, dit Crouïa-Bey.

— On me donnera combien ? demanda Pierrot.

— Dix francs par soirée, dit Crouïa-Bey.

— Toute la soirée ? demanda Pierrot.

— Oui, dit Crouïa-Bey.

— Alors vingt francs, dit Pierrot.

Pradonet se mit à rire.

— Il a de l'audace, s'exclama-t-il.

Et au fakir :

— Allons, lâchez-lui donc quinze balles.

— Je ne veux pas discuter, dit Crouïa-Bey, mais ça diminue mon bénéfice. Je fais ça pour vous.

Et à Pierrot :

— Entendu, quinze francs. À ce soir, huit heures.

Les deux hommes s'en allèrent, Pradonet tout joyeux, le fakir assez mécontent.

Pierrot sortit après eux pour garder ses distances. Il revint vers la rue des Larmes, regarda la maison, la chapelle et n'osait repasser devant elles. Il eut alors envie de voir la Seine, et poursuivit son chemin dans cette direction. Il marchait avec négligence, selon son habitude, et pensait moins à sa nouvelle situation qu'à la signification du petit monument.

À quelques mètres de l'octroi, il passa devant un vieux café où devait à l'intérieur agoniser un billard ; à la terrasse composée de deux ou trois tables de fer entourées de quelques chaises de rotin, il vit son bonhomme qui buvait un demi. Il s'approcha.

— Tiens, tiens, dit le gardien de la rue des Larmes, vous me cherchiez, jeune homme ?

— Non, pas du tout, dit Pierrot. C'est par hasard que...

— Mais on peut dire que cela vous satisfait en quelque façon de me rencontrer ainsi.

— Ça me serait difficile de dire le contraire, mais...

— Asseyez-vous donc, jeune homme.

Pierrot s'assit. Une ménagère vint lui demander ce qu'il désirait consommer ; l'ancien termina son demi avec rapidité ; et deux autres furent commandés.

— La curiosité vous a donné du flair, dit le vieux. Vous m'avez tout de suite déniché.

— Mais je vous assure que je ne vous cherchais pas...

— Allons, ne niez pas. D'ailleurs en quoi seriez-vous indiscret ? Importun à la rigueur...

Pierrot se leva :

— Je ne voudrais pas que vous croyiez...

— Asseyez-vous donc.

Et Pierrot s'assit.

— Asseyez-vous donc : je vais vous raconter ma vie.

— Mais... la chapelle ?... demanda Pierrot.

— Écoutez, et ne m'interrompez pas.

Il toussa par trois fois et prononça ces mots :

— Je suis né dans cette maison que vous avez pu voir dans la rue des Larmes, où j'habite toujours. Dans ce temps-là cette rue des Larmes n'était qu'un chemin à peine praticable en hiver, et l'Uni-Park n'existait pas encore. Il n'y avait autour de nous que terrains vagues, petits ateliers, remises ou écuries, baraques zonières, entreprises insalubres, équarrisseurs, fermes et prés même. Le quartier était mal fréquenté ; on y trouvait parfois des femmes en morceaux ou des mouchards exécutés. Nous nous barricadions le soir ; et mon père avait un fusil. Plusieurs fois, j'entendis hurler dans la nuit : à faire frémir. Et je ne dormais pas.

« Mon père était un grand bonhomme osseux d'environ six pieds de haut, et le dernier représentant d'une vieille famille d'Argenteuil, qui un moment se trouva posséder la plupart des terrains situés entre les fortifications et la Seine, de ce côté-ci de Paris ; et ce lopin de terre sur lequel s'élève maintenant l'Uni-Park lui appartint même en propre. À mon père. Lui, c'était ce qu'on appellerait maintenant un raté. Cela ne l'empêcha pas d'être heureux, me semble-t-il, malgré, bien sûr, quelques regrets. Il s'était cru artiste, il avait voulu devenir peintre, il ne réussit qu'à faire un enfant à une grisette, ma mère, qui, par la suite, devint une excellente femme, un être bien timide et modeste : c'est ainsi que je l'ai connue, ainsi que je la vis mourir.

« Après avoir traîné la pouille pendant quelque

temps, mon père finit par adopter un métier, le travail de la cire. Il alimentait de son art les exhibitions foraines et les musées d'anatomie. C'était le modeleur le plus réputé sur la place de Paris : il réussissait les ressemblances à la perfection et nul ne savait mieux que lui reproduire avec son matériau les particularités des physionomies ou les aberrations des organes et les détériorations des chairs. Je vous ai dit tout à l'heure que, dans mon enfance, le quartier n'avait rien de rassurant ; mais à la maison c'était encore pire. Quoique je ne pénétrasse point dans l'atelier de mon père, je tombais de temps à autre, en des lieux inattendus, sur des têtes figées qui me menaçaient de leurs yeux d'émail ou sur des objets ignobles qui me brouillaient la digestion. Et, lorsque couché, j'entendais des plaintes incohérentes ou des appels sans espoir, il me semblait que ce mort encore tout frais et mouillé de son sang allait pénétrer dans notre maison pour y diriger le chœur abominable des figures de cire. Dans mon lit, je suais d'angoisse.

« Aussi, dès l'âge de treize ans, fis-je tous mes efforts pour convaincre mes parents de me mettre en apprentissage. Je quittai joyeux cet endroit désolé, mais où j'allai je trouvai bien pire, dans un autre genre. Vous ne vous imaginez pas ce que c'était que la vie d'un apprenti il y a un demi-siècle et ce que l'existence qui se montrait dure pour les ouvriers pouvait être atroce pour des enfants de quinze ans. Combien je regrettais les solitudes qui stagnaient à quelques mètres des fortifications. Mais il était trop tard ; il me fallut continuer à subir les brimades, à travailler sans perdre haleine, à crever de faim. Aussi le service militaire, quelles vacances ! Quels bons souvenirs ! Les copains… les voyages… J'ai fait mon temps en Algérie, jeune homme, et dans les zouaves encore… un fier régiment. Je faillis même rengager. Et puis au dernier moment le mal du pays me prit. Je revins.

« Durant mon absence, le coin ne s'était que peu modifié. Les baraques et les jardins zoniers se multipliaient, et dans les terrains vagues des énergumènes découvraient les sports. À l'angle de l'avenue de Chaillot, un ratodrome satisfaisait les goûts d'une clientèle de voyous, d'amateurs de chiens et de gens riches. Mais la nuit, tout cela retombait dans une détresse taciturne et les appels des assassinés venaient seuls distraire une attention captivée par l'intensité du silence. Notre vieille maison était toujours là : je ne devais plus la quitter. J'appris le métier paternel : j'étais un homme, et j'en avais vu d'autres ; de plus, mon père avait abandonné la confection des pièces anatomiques pour se spécialiser dans les mannequins à ressemblance. C'est dans cette branche que je me suis exercé jusqu'à maintenant, et j'y soutins toujours la réputation paternelle.

« Mon père, je n'ai pas besoin de vous le dire, était d'un tempérament saturnien et mélancolieux, tempérament qu'il m'a en partie légué. Peut-être une influence solaire ou mercurienne m'empêcha tout d'abord étant enfant de me réjouir de la vue des kystes cotonneux ou des chancres suppurants. Mais il est de fait que très tôt j'en vins à aimer la solitude, la vie retirée, la pipe, la société des femmes de maison close lorsque le besoin vous y pousse ; bref, les habitudes célibataires. Je ne me suis jamais marié, bien qu'il me soit arrivé à plusieurs reprises d'aimer une femme avec quelque violence : une danseuse arabe pour laquelle je faillis devenir musulman ; plus tard, une jeune charcutière de l'avenue de Chaillot ; vous savez que ces personnes ont la peau d'une qualité toute spéciale. Enfin ni celle-ci, ni celle-là, ni d'autres ne m'en firent désirer la société jusqu'à la consommation de tous mes jours sur terre.

« Mon père mourut quelques mois après ma mère. C'est alors que je pus apprécier, savourer les délices et amertumes de la vie solitaire ; mais je le répète, je ne me mariai jamais. Je vous ai dit aussi que ma famille posséda tout ce morceau de banlieue, jusqu'à la Seine. Lorsque mon père n'en fut plus que l'unique représentant, il ne lui restait que notre maison, d'un côté du chemin, et de l'autre le quadrilatère occupé maintenant par l'Uni-Park — et par la chapelle. Vous avez peut-être remarqué que le terrain qui dépend de celle-ci a la forme d'un rectangle très allongé ; c'est l'emplacement d'un jardin potager que mon père s'était réservé là. Peu de temps après sa mort, un quidam vint me proposer de lui vendre les terrains que je possédais encore. J'hésitai. Il m'offrait une somme assez considérable pour l'époque. Je cédai ; mais je gardai pour moi le jardin potager et je lui promis de le lui réserver lorsque je songerais à m'en défaire. La vie continua comme avant, à cette exception près que j'avais un peu d'argent, et peu de soucis pour ma vieillesse, car placé en bonnes valeurs françaises et étrangères, mon argent. Quant à mon jardin, nous continuâmes à le cultiver.

« Or donc, un beau matin que je binais mes laitues (j'en avais justement un joli carré cette année-là — il y a de cela un peu moins de vingt ans, et je venais moi-même de passer la cinquantaine —), c'était en juin, le soleil cru et sanglant au-dessus des ardoises venait à peine de dépasser les toits de Paris, une brume très mince dansait du côté du Bois, — j'entendis le galop d'un cheval, puis un grand cri. Mon champ était entouré d'une petite palissade en planches. La bête vint s'abattre contre elle à la suite de je ne sais quel écart, et son cavalier, suivant cet élan, vint tomber comme un bolide au milieu de mon potager.

« Il ne bougeait pas.

« Je me précipitai. Il était évanoui. Il me parut à moitié mort. J'appelai à l'aide. Des voisins accoururent. On alla chercher un médecin, la police, plus tard une ambulance. On emmena le blessé. Entre-temps, il avait repris connaissance et voulut rentrer chez lui. Le lendemain, les journaux m'apprirent qu'il y était mort, peu de temps après. Ils m'apprirent aussi qu'il s'agissait du prince Luigi Voudzoï, un prince poldève qui terminait ses études en France. Un échotier méchant prétendait qu'elles consistaient surtout en beuveries et bacchanales.

«Les obsèques eurent lieu quelques jours plus tard. J'y assistai. Ce fut très beau et pittoresque, de plus : émouvant. On inhuma le prince Luigi au Père-Lachaise, et, la cérémonie terminée, je demeurai jusqu'au soir à rêver en ces lieux qui dominent notre capitale. Je repris mon binage. Mais tout en cultivant mon jardin, je ne pouvais m'empêcher de penser à cet accident : l'événement le plus important dans ma vie, avec mon temps passé dans les zouaves en Afrique du Nord. Il m'avait rendu célèbre dans la zone, et je me voyais obligé de raconter plusieurs fois par jour ce dont j'avais été le témoin. Bientôt le désir me vint de connaître plus à fond l'histoire des Poldèves, qui, d'après les quotidiens, étaient des autochtones dans leur région, lointaine et montagneuse. J'empruntai des livres à la bibliothèque municipale d'Argenteuil, et je découvris que l'histoire ne se pouvait comprendre sans la chronologie et la géographie, qui ne me parurent pas compréhensibles sans l'astronomie et la cosmographie, et l'astronomie et la cosmographie sans la géométrie et l'arithmétique. Je recommençai donc mon instruction ab ovo, ce qui veut dire à partir du commencement en langue latine (mais c'est beaucoup plus rapide et expressif — vous voyez, jeune homme, les avantages de l'instruction). Au bout de quelques mois, j'appris ou réappris les règles d'accord des participes, la formule des intérêts composés, les dates cruciales de l'histoire de France, les départements avec chefs-lieux et sous-préfectures, l'emplacement de la Grande Ourse et quelques tirades de nos classiques.

«Je passai donc ainsi l'été et une partie de l'automne. Un jour où je m'étais assis sur le pas de ma porte pour profiter d'un soleil sur son déclin, j'aperçus un jeune monsieur fort bien vêtu qui semblait chercher quelque chose. Il s'approcha de moi et me demanda très poliment si je ne pourrais pas lui indiquer exactement l'endroit précis où un noble étranger avait péri de mort violente quelques mois auparavant. "Rien de plus aisé", lui dis-je, "car je fus le seul et unique témoin de l'accident. C'est en face", ajoutai-je, "dans ce petit jardin potager que vous voyez devant vous et qui est ma propriété." "Ne vous serait-il pas possible de me conduire sur les lieux mêmes?" me demanda-t-il. Il s'empressa d'ailleurs de déclarer que si cela me dérangeait en quelque façon, il reviendrait une autre fois. Il me pria enfin de croire que ce n'était pas par vaine curiosité qu'il venait solliciter de moi ce petit dérangement; il avait pour cela de valables raisons, et, afin de m'en convaincre, il déclina ses nom et qualité, ce qu'il jugea suffisant, et l'était. J'avais en effet devant moi un prince poldève. "Prince", lui répondis-je, "je n'hésiterai pas un instant à remplir ce pieux devoir", et je le menai devant le carré de salades où l'autre avait chu. Deux modestes croix de bois marquaient l'une l'emplacement de la tête, l'autre celui des pieds ; j'avais ainsi voulu conserver le souvenir de ce fait mémorable. Le prince fut touché par cette attention et du doigt cueillit une larme ; puis, il se mit en prière et demeura quelques instants en méditation. Il me fit ensuite signe de nous retirer et sortit d'un air profondément absorbé. Je respectai son silence, et demeurai dans une sorte de garde-à-vous moral en attendant qu'il voulût bien de nouveau m'adresser la parole. Ce qu'il fit en ces termes :

«"Si j'ai bien compris", dit-il, "ce potager vous appartient ?" "Oui, prince", répondis-je. "Vous êtes aussi le propriétaire du terrain ?" "Oui, prince", répondis-je. "Voudriez-vous être assez aimable pour me rappeler votre nom ?" "Arthème Mounnezergues", répondis-je. "Vous habitez ?…" "En face, prince", répondis-je, "huit, chemin de la Tuilerie." "Et vous assistâtes à l'accident du Prince Luigi ?" "Oui, prince", répondis-je, "et j'en fus l'unique témoin". Alors, il me pria de lui raconter ce que je vis ce jour-là. Je le fis aussitôt avec un vif plaisir. Le prince m'écoutait dans le plus grand recueillement, et, lorsque j'eus terminé mon récit, il m'assura que les princes poldèves n'oublieraient pas la rareté des sentiments témoignée par les deux croix que j'avais plantées dans mon jardin. Il n'ajouta que ce seul mot : "merci" et monta dans une calèche qui, sans doute, l'avait amené et que je n'avais pas remarquée. Ils s'éloignèrent.

«Cette visite ne me rendit que plus ardent à poursuivre mes études afin de mieux connaître le peuple poldève et ses princes. Elle revivifia aussi mes souvenirs, et je ne tardai pas à m'apercevoir que le lieu marqué par moi se montrait de lui-même fatidique. Les plantes se flétrirent dans son voisinage, les limaces qui s'y aventuraient périssaient morfondues, et j'y trouvai des débris de chenilles calcinées. Puis, lorsque cette démonstration grossière fut en quelque sorte acquise, je constatai que cet endroit différait de tout autre et qu'on y sentait toujours l'ombre d'une idée abstraite qui le survolait, l'ombre d'un fait. De ma chambre, la nuit, je pouvais regarder mon champ, et, quoique je n'y visse aucun fantôme s'y traîner argenté aux rayons de la lune, je me disais que jamais, non jamais plus je n'y pourrais faire croître des carottes et des navets, salades ou concombres. Et je restais rêveur.

« Des années passèrent. Bien longtemps après la visite dont je viens de vous parler, je fus honoré d'une missive singulière. Je ne fus pas peu surpris ce matin-là d'entendre le facteur me convier à la réception d'une lettre. On ne m'en écrivait en effet jamais. Celle-ci était de grand format, de papier épais, et de plus : scellée aux armes poldèves "de sable à l'orle de huit larmes d'argent". Je devinai aussitôt quel en était l'expéditeur. On m'invitait à me rendre en un certain hôtel du Quartier Latin le lendemain vers les cinq heures. J'y fus. Après avoir subi un examen des plus vexatoires de la part du concierge, on m'indiqua le numéro de la chambre. Elle était bien petite, et obscure ; le prince était étendu sur son lit, et fumait. Près de lui, une bouteille luisait, et deux verres. Il me fit signe de m'asseoir près de lui dans un fauteuil, et me versa lui-même de sa propre main une bonne dose du raki qu'il était en train de consommer. Ça me rappela l'Afrique du Nord, mais je n'osai lui demander s'il connaissait cette contrée; c'eût été par trop familier. Mais j'écoutai mon hôte. "Monsieur", me dit-il en substance, "les princes poldèves ont décidé de faire élever une chapelle sur les lieux mêmes où Luigi trouva la mort. Nous voulons établir un mémorial perpétuel de ce douloureux événement et, pour cela, vous le comprencz tout de suite, il est nécessaire que ce terrain que vous possédez actuellement devienne notre propriété. Je suis donc chargé de vous demander à quel prix vous consentiriez à céder votre jardin potager." Après les réflexions que je faisais alors sur les endroits fatidiques et dont je vous ai fait part tout à l'heure, vous ne serez pas surpris d'apprendre que je ne fus pas étonné par cette proposition. Je dois même ajouter qu'elle m'apporta une sorte de soulagement. Mais j'avais à tenir des engagements pris antérieurement. Je tâchai d'expliquer à mon interlocuteur quel empêchement pouvait présenter pour moi le fait d'avoir réservé cette vente à l'acquéreur de mes autres terrains. Le prince s'empressa de dissiper mes scrupules. N'était-ce pas une sorte de cas de force majeure? Pouvait-on mettre en balance le respectable désir de princes poldèves avec l'exécution mécanique d'un contrat qui n'en était même pas un, puisque ce n'était guère qu'une promesse, pas même une promesse, mais un préavis, une notification. Allais-je créer des difficultés dans l'exécution d'un acte de piété sous le vain prétexte de satisfaire la rapacité d'un propriétaire désireux d'arrondir son champ? Non, n'est-ce pas?

« Je consentis donc à vendre mon terrain, mais je m'aperçus bientôt que mon visiteur n'était pas en état de le faire sur-le-champ. Il me proposa un paiement échelonné sur de nombreuses années, qui servirait également à me dédommager des ennuis et soucis que pourrait me procurer la garde du tombeau qu'on projetait d'élever. Finalement, nous tombâmes d'accord sur une rente viagère.

« Les travaux de construction furent entrepris aussitôt et en moins de six mois on édifia une chapelle. Puis on y inhuma le prince Luigi, déterré du Père-Lachaise où il avait reposé jusqu'alors.

« Grâce à la vente des terrains dont j'avais hérité et à la rente viagère que me versaient les princes poldèves, je pus continuer mes études que j'orientai principalement vers l'histoire ancienne et moderne, la géographie physique et politique, les mathématiques pures et appliquées, les principales langues mortes et vivantes, les sciences physiques et naturelles, la rhétorique et la théologie.

« J'eus deux ou trois douces années. Puis, tout à coup, naquit l'Uni-Park, avec la violence de ses bruits, l'insolence de ses clameurs. C'était une honte, me disais-je, d'installer un lieu de plaisir aussi près d'une tombe. Je fis une démarche auprès du directeur, déjà Pradonet. Lui, au contraire, trouvait lugubre et désolant le voisinage de ce cimetière à destination si limitée. Il me proposa de racheter le terrain et de renvoyer le prince Luigi au Père-Lachaise. Je refusai. Il se fâcha. Je le laissai. Depuis il m'a fait plusieurs fois la même proposition que j'ai toujours repoussée, bien qu'entre-temps la situation se soit singulièrement modifiée. En effet deux ou trois ans après la construction de la chapelle, les princes poldèves cessèrent de me payer ma rente viagère. On ne savait même plus où ils étaient, qui ils étaient. C'est ainsi que je redevins le propriétaire de ce champ, tout en restant le gardien du tombeau.

« Et voilà mon histoire et celle de cette chapelle. Qu'est-elle ? Le mausolée d'un prince poldève sans descendants et sans vassaux. Qui suis-je ? Un gardien fidèle et sans explication. Encore un détail : si la rue que j'habite s'appelle rue des Larmes, c'est que la municipalité voulut rendre hommage aux princes poldèves qui portent en orle dans leurs armoiries ces figures naturelles. »

Mounnezergues vida son demi.

— Je vous remercie, monsieur, dit Pierrot, de vos lumineuses explications, mais je vous assure que ce n'est pas une vaine curiosité qui… ni une curiosité intéressée… non…

— Je vous comprends. Je n'admets rien tant que le hasard… ou le destin… Il y a vingt ans,

rien ne laissait prévoir que sur les terrains
vagues ou les jardinets que je voyais de ma
fenêtre, s'élèveraient ces bizarres et bruyantes
constructions qui forment l'Uni-Park, et que
j'arracherais à leur envahissant cancer un lam-
beau de terrain sous lequel, dans une paix pré-
caire, gît la jeune et noble victime d'un tragique
accident. Encore moins aurais-je soupçonné
cette destinée lorsque, zouave aux culottes bouf-
fantes, durant les nuits de garde je comptais les
étoiles dans le ciel d'Algérie ; et, avant encore,
enfant terrorisé par les figures de cire et les
âmes errantes, nulle sibylle ne me révéla que
ma vieillesse veillerait vigilante sur le sépulcre
d'un Poldève.

Pierrot fit mine d'acquiescer, pensif. Son
verre se trouva vide.

— Un autre ? proposa Mounnezergues.

— Non, merci bien, monsieur. Je dois m'en
aller. J'ai une course à faire par là...

Mounnezergues avait de l'indulgence pour
les petits mensonges. Il paya les consommations, après quelques modestes tentatives de
Pierrot, et le laissa continuer son chemin vers
où bon lui semblerait. Pierrot remercia encore
une fois le vieil homme, et ils se séparèrent,
l'un retournant vers sa demeure, l'autre s'en
allant vers la Seine.

De ce côté, elle n'est pas à plus de dix
minutes de marche des fortifications, dont la
sépare une région de manufactures de moulins
à café, d'usines d'aéroplanes et d'ateliers de
réparation de voitures de marques peu ordi-

naires. L'avenue droite et large ne se pave que par instants. Des herbes poussent tandis que ronronnent les moteurs. La grande voie de communication est l'avenue de Chaillot, parallèle ; celle-ci coule assez calme. Au bout, il y a le fleuve avec ses péniches et ses pêcheurs.

Pierrot poursuivait sa route et ne pensait à rien, ce à quoi il parvenait avec assez de facilité, même sans le vouloir ; c'est ainsi qu'il arriva jusque sur le quai. À gauche, le pont de Chaillot menait vers Argenteuil qui grimpait le long de la colline. On entendait la clameur de la circulation sur la route nationale. La berge était couverte de plantes poussiéreuses et vivaces. On taquinait le goujon dans le coinstot. Pierrot s'assit et alluma une cigarette. Il regardait les chapeaux de paille immobiles et les lignes qui suivaient le courant, puis sautaient brusquement quelques mètres en arrière. Un égout s'épandait gras et teinté dans l'épaisseur de l'eau vive ; on affectionnait ses parages à cause d'un poisson sans doute moins rare. Dans des barques vertes, des fanatiques étaient rivés.

Tout cela n'intéressait pas spécialement Pierrot qui n'avait par ailleurs aucun mépris pour ce spectacle, ni pour ses éléments ; il ne cherchait pas non plus à se distraire, et il en vint bientôt à se figurer l'image d'Yvonne.

Depuis l'âge de douze ans, Pierrot avait été une centaine de fois amoureux, assez souvent avec succès. Mais Yvonne, il la trouvait bien différente, et son amour tout nouveau, avec une saveur inédite et des perspectives originales.

Bien qu'il eût une expérience assez vaste, allant de la prostituée au grand cœur à l'accorte commerçante et à la petite gosse pas farouche, — expérience toujours assez voisine du trottoir —, il pensait cependant qu'il n'avait jamais rien rencontré qui pût lui être comparé, à elle — sauf peut-être — peut-être — · quelques apparitions cinématographiques. D'ailleurs elle avait quelque chose de ça : la blondeur des poils, le rentré des joues, le modelé des hanches. Ce serait un compliment à lui faire. Pierrot ferma les yeux, évoqua le brouhaha du manège, l'aérodynamisme du petit véhicule dans lequel il s'était serré contre elle ; alors il ressentit les parfums troublants dont elle s'était imbibée, son cœur chavira de nouveau à la mnémonique olfaction de cet appât sexuel et, pendant quelques instants, il s'abîma dans la reviviscence d'odeurs qui donnaient tant de luxueux attraits à la sueur féminine.

Il crut s'évanouir.

Il rouvrit les yeux. La Seine coulait aussi belle, aussi graillonneuse. Les pailles immobiles surveillaient leurs lignes stériles. Un chien, roquet bâtard, se roulait joyeux dans de la crotte. Sur le pont d'Argenteuil et la route nationale, autos et camions couraient toujours.

Pierrot aspira une bonne bolée d'air. Il était encore tout ému. Décidément, c'était le grand béguin, la belle histoire, la vraie amour. Il allume une nouvelle cigarette au mégot mourant de la précédente qu'il avait posé près de lui, et reconsidère la chose avec le plus grand sérieux.

Qu'il fût salement pincé, il n'en pouvait douter. Il ne lui fallait donc plus penser qu'à la réalisation, et en premier lieu à une nouvelle rencontre. Il se mit à ruminer tout cela comme une herbe tendre, sans parvenir cependant à se déterminer un plan d'action positif et pratique Vers la fin de l'après-midi, il se leva tout engourdi, s'étira. Il n'avait formé aucun projet digne d'être retenu, sinon de retourner le lendemain vers les onze heures rue des Larmes, mais il était content de se savoir amoureux, et il retourna vers Paris en sifflotant vaguement un air qu'il ne connaissait pas et dans lequel, plus musicien, il aurait pu reconnaître celui que déversait le piqueupe de manège des autos électriques lorsqu'il y trimbalait loin des chocs la belle poule qu'il venait de lever, et dont il était maintenant si épris.

Il arriva devant l'Uni-bar un bon moment avant de se présenter à Crouïa-Bey. Il entre et trouve là Petit-Pouce et Paradis avec chacun une choucroute devant soi, et un beau demi de bière blonde. Ils avaient gagné au P.M.U.

— Alors, mon petit pote, dit Paradis, tu t'assois avec nous ?

— Oui, dit Pierrot.

— Qu'est-ce que ce sera pour monsieur ? demanda la fille de salle (une drôle de coureuse, celle-là).

— Un bock et un sandwich jambon avec de la moutarde, dit Pierrot.

— Amenez-lui la choucroute et un demi, dit Paradis à Fifine (la drôle de coureuse). C'est moi qui régale.

— Tu t'es fait encore sortir hier soir, à ce qu'il paraît? s'enquit Petit-Pouce absorbé cependant par l'absorption d'un gros cylindre de saucisse.

— Oui, répondit Pierrot en riant, mais ça ne m'empêchera pas d'y retourner aujourd'hui.

— Non? fit Petit-Pouce.

— Comment t'y prendras-tu, petite tête? demanda Paradis.

Pierrot expliqua son nouveau métier.

— Non mais, s'extasia Paradis, tu vois la coupure?

Fifine apportait la choucroute et, tandis que Pierrot l'attaquait avec entrain, les deux autres reprirent une savante discussion, et documentée, sur les mérites de petits dadas capables de décrocher de grosses cotes et de ramener de nouvelles bombances.

Pierrot les rattrapa au dessert et Paradis fit servir trois cafés-fines.

— Alors comme ça, dit Petit-Pouce à Pierrot, tu fais du plat à la fille du superpatron?

— Moi? fit Pierrot. Je lui cause, quoi.

— D'ailleurs tu aurais bien tort de ne pas essayer, dit Petit-Pouce, il y en a qui ont réussi avant toi.

— Tu n'es pas de ceux-là, dit Paradis.

— Et puis quelle importance? dit Pierrot en essuyant ses lunettes avec un morceau de la nappe en papier de soie.

Il souriait, béat.

Petit-Pouce trouva qu'il avait une tête à gifles.

84

— On se mesure ? proposa-t-il en désignant d'un coup d'épaule un appareil à billes.

— Pas ce soir, dit Paradis. On n'a pas le temps.

— Je m'en vais avec vous, dit Pierrot en remettant ses lunettes. Faut que j'y sois à huit heures.

À la porte de l'Uni-Park, personne ne fit d'objection à son entrée. Un des malabars qui se trouvaient là fit mine de ne pas le voir. Petit-Pouce et Paradis quittèrent Pierrot qui se dirigea vers la première huche sur la droite, où pancartes et banderoles annonçaient l'arrivée de Crouïa-Bey et décrivaient ses exploits avec les acclamations d'usage. Des images représentaient le personnage avec des crochets insérés sous les omoplates et tirant une rolls-royce ou bien dégustant un mélange de tessons de bouteilles et de crampons rougis au feu. Pierrot fit la grimace ; il trouvait ça répugnant.

Il entra par la porte de derrière. Crouïa-Bey était déjà là en grande tenue, et préparant sa présentation.

— Ce n'est pas trop tôt, dit-il. Enfile-moi cet uniforme, là, oui, c'est ça, eh bien, grouille-toi, fais fiça, magne-toi le pot, le popotin si tu préfères, enfin t'y voilà, amène-toi maintenant que je te noircisse la physionomie, enlève donc tes lunettes, couillon, là, que je t'astique le portrait, là, maintenant ça colle, mets ton turban, là, eh bien, t'as bonne mine, ça va.

Puis il lui expliqua en détail ce qu'il devait faire.

Le bonisseur vint voir s'il pouvait y aller. On pouvait commencer. Il fit donc fonctionner le piqueupe qui se mit à débagouler Travadja la moukère et le Boléro de Ravel, et, lorsque des luxurieux supposant quelque danse du ventre se furent arrêtés devant l'établissement, il dégoisa son boniment. Pierrot se tenait immobile, en costume persan.

La salle finit par se remplir et le rideau se leva sur tout un matériel de quincaillerie. Pierrot se trouvait également là, non moins figé que tout à l'heure. Lorsque le fakir entra, il croisa les bras sur la poitrine et s'inclina très profondément. Celui-là, de salut, je l'ai réussi, pensa-t-il. L'autre lui fit un signe. Pierrot d'un geste plein de soumission lui offrit une épingle à chapeau longue de cinquante centimètres que Crouïa-Bey s'enfonça dans la joue droite. La pointe ressortait par la bouche. Sur un nouveau signe, Pierrot lui tendit une nouvelle épingle qui s'en alla perforer l'autre joue. Une troisième épingle transperça encore une fois la joue droite, et ainsi de suite.

Absorbé par son travail, Pierrot ne fit tout d'abord guère attention à ce que devenaient les premières. Mais avant d'offrir la sixième, il leva les yeux. Dans un brouillard, il aperçut des espèces de dards d'acier qui émergeaient de la belle barbe du fakir. Il blêmit. Il suivit des yeux la tige de la nouvelle épingle : elle s'éleva en l'air, et, lentement, après avoir percé la peau, pénétra dans la chair. Les yeux tout grands, Pierrot regardait ça, pâle d'horreur. Puis la pointe réapparut entre les deux lèvres. Pierrot ne put plus y tenir. Pierrot s'évanouit.

Dans la salle, on se marrait.

IV

Dans l'arbre au-dessous de sa fenêtre, les petits moineaux piaillaient. Dans la rue, des autos cornaient. Tout le trafic de la circulation lançait sa rumeur par la fenêtre grande ouverte. Il devait être assez tard, déjà. Tout d'un coup, les piafs qui se disputaient s'envolèrent en bande, droit vers le ciel. Yvonne qui ouvrait les yeux les vit passer.

Elle resta quelques instants immobile, dans la position même où elle avait dormi, en chien de fusil. Son regard seul était actif. Un gros pigeon qui voltigeait, assez loin, ne sut lui échapper. Puis, les oiseaux voisins ayant terminé leur querelle redescendirent dans leur arbre, où ils se remirent à ramager, éperdument. Le rectangle bleu du ciel ne se laissait ainsi tacher que par des vols passagers, parfois presque imperceptibles. Yvonne aimait sa fenêtre sans paysage, qui ne lui imposait rien. Elle avait grandi devant : douze ans lorsque, pour la première fois, elle avait couché dans cette chambre, dix-neuf maintenant.

Du temps eut lieu. Un réveil le démontrait

avec application, de la course mesurée de ses aiguilles, — un réveil silencieux, et, la nuit, lumineux, perfectionné. Yvonne, tournée de son côté, le regarda, l'examina ; et puis elle se mit à faire du calcul mental, avec vélocité. Le problème résolu (l'emploi de sa matinée), elle s'étendit sur le dos et commença à s'étirer. Elle sentait tous ses muscles s'éveiller et s'ébrouer comme une meute de petits chiens de chasse, vifs et nerveux. Alors, elle déboutonna la veste de son pyjama et se caressa la poitrine tout en s'appliquant à contrôler sa respiration, suivant les conseils des meilleurs journaux de mode. Décidément, il était l'heure de la culture physique.

D'un geste large et cinégraphique, elle rejeta ses draps ; sauta hors du lit, et, s'allongeant sur un tapis ad hoc, commença les quelques mouvements qui donnent à la femme un ventre plat, des seins menus et arrogants, une taille fine, des cuisses fuselées et un postère bien ferme. Cela dura vingt bonnes minutes ; elle s'appliquait tant qu'elle ne pouvait songer à autre chose, et les poses étranges qu'elle prenait ne suscitaient en elle aucune des mauvaises pensées qu'elles eussent inspirées à un spectateur mâle. Ce n'était pas d'ailleurs les seuls soins que réclamait son corps ; sans parler de l'accomplissement de ses fonctions naturelles, qui présentaient chez elle la même régularité et la même perfection que son rythme purement féminin, Yvonne devait le bouchonner, ce corps, le baigner, le doucher, le parfumer, lui donner la meilleure présentation possible, à lui aussi bien qu'à ses compléments, ongles, cheveux, sourcils. Il le fallait nourrir, avec grand appétit. Il le fallait vêtir, ce qui demandait choix et précision. Il le fallait regarder, en des miroirs.

Ce n'est que lorsqu'elle dut attendre qu'au bout de ses doigts séchât un vernis plus noirâtre que sanglant, qu'Yvonne eut quelque loisir de penser à un autre être qu'elle-même. Et tout de suite ce fut le fils Perdrix qui se présenta. Ah! bien, celui-là, elle en avait assez. Pas même du plaisir qu'il lui donnait. Et si bête, sans imagination. Beau, il faisait un bien piètre amoureux, presque une gourde. Et ça durait déjà depuis trois jours. Trois jours de perdus. Elle avait été suffisamment bonne fille avec lui, elle pouvait maintenant lui donner congé. Elle se re-voyait avec lui dans la barque de la Rivière Magique, — et la peur qu'elle avait eue qu'ils ne chavirassent avec la nacelle. Il y avait de quoi rire; et elle rit. Lorsqu'elle eut fini de rire, et comme le vernis n'était pas encore sec, elle en revint à la personne du fils Perdrix : falote. Elle, Yvonne, n'avait aucun goût pour elle, cette personne. De tous les amants qu'elle avait essayés, c'était sûrement le moins rigolo : impardonnable. Et puis, il n'y avait aucune poésie chez ce garçon : non, ce n'était pas encore la grande amour. Ah! la grande amour, ça vient, on ne sait pas quand, on ne sait pas comment, et qui mieux est, on ne sait pas pour qui. Du moins, à ce qu'il paraît. Alors ce ne sont plus que clairs de lune, gondoles, ivresses éthérées, âmes sœurs et fleurs bleues. Marrant.

Yvonne jugea inutile de considérer plus longtemps ce mystère et décida, en tout cas, de liquider ce soir même le fils Perdrix. Il s'amènerait, la bouche en cœur, pour quêter son plaisir, alors elle lui dirait «bas les pattes, jeune homme», il s'étonnerait, et cætera; enfin ça ne présenterait aucune difficulté. D'ailleurs le vernis était sec : en route. Elle fit de menues retouches à sa toilette, se plaça un chapeau sur la tête, et, d'un coup d'œil jeté par-dessus son épaule, s'assura que la couture de ses bas s'élevait bien perpendiculairement le long de ses jambes; puis elle sortit de sa chambre et descendit l'escalier, fraîche et légère comme un printemps d'été.

Elle passa devant la loge de la concierge, et cette personne lui cria «bonjour, mademoiselle Yvonne», tout en pensant dans le dedans de son for intérieur, «cette allure qu'elle a, c'est pas d'une fille honnête.» Elle lui aurait pu dire ces choses à haute voix, cela n'aurait pas étonné Yvonne qui n'ignorait rien de ce qu'on pensait d'elle dans la maison, et cela ne l'aurait pas vexée non plus, car ce qu'elle pouvait s'en fiche, non, c'était rien que de le dire. Sur le pas de la porte, elle s'arrêta brusquement, comme si elle s'était heurtée au mur de lumière qui se dressait là devant elle. Elle fixa de sa toilette les points qui avaient pu attendre cet instant où une femme va devenir pour les hommes dans la rue la somme, abstraite, de leurs désirs.

Elle demeura quelques moments immobile toute à la joie d'elle-même et de la vie qui brillait devant elle.

Elle allait faire un premier pas lorsqu'elle se rendit compte que l'espèce de murmure alterné qu'elle entendait, mêlé au bruit normal de l'avenue vers les onze heures du matin, provenait d'une des chambres du rez-de-chaussée, dont la fenêtre était ouverte, ses volets fermés. Il lui suffit de s'avancer très légèrement pour percevoir les mots prononcés à voix basse qui composaient cette sourdine. Ces voix basses étaient deux, et dans l'une Yvonne reconnut celle de Léonie. Elle disait :

— Je me demande pourquoi vous vous cachiez de moi.

L'autre voix dit — et ce ne pouvait être que celle de Crouïa-Bey dont Yvonne savait qu'il occupait cette chambre, mais dont elle reconnaissait mal l'accent :

— Je ne savais pas que vous aviez connu mon frère.

— Je vous ai tout de suite reconnu.

— Je trouve cela extraordinaire.

— C'est comme ça, sidi Mouilleminche. Je suis une physionomiste.

— Phénoménal.

— Mais pourquoi ne pas me dire tout de suite que vous étiez son frère ?

— J'ai un rôle à jouer, ne l'oubliez pas, madame.

— C'est vrai. C'est la seule raison ?

— Sans doute.

— Alors, il est mort?

— Je vous l'ai dit.

— Et comme vous me l'avez dit?

— Comme je vous l'ai dit.

— Dans ses lettres, il ne vous a jamais parlé de moi?

— Il était très discret sur ses affaires de cœur.

— Un jour, il a disparu brusquement. Il y a de cela vingt ans.

— Oui.

— Je l'ai cherché partout. J'étais folle. Mon premier amour!

— Je comprends.

— Je n'en ai jamais plus entendu parler.

— Il avait changé son nom de théâtre. Il s'appelait alors Torricelli.

— Il faisait des tournées?

— Oui. Je voyageais aussi. Je n'avais pas beaucoup de nouvelles de lui.

— Et c'est à Palinsac que ça s'est passé.

— Oui.

— Et cette jeune fille, qui était-elle?

— Il en a connu d'autres entre vous et elle, permettez-moi de vous le dire.

— Il ne s'agit pas de ça. La femme pour laquelle, à cause de laquelle il est mort, qui est-elle, où est-elle?

— Comment pouvez-vous encore penser à ces vieilles histoires? Le passé n'est bon qu'à oublier, allez.

— C'est votre avis. Ce n'est pas le mien.

— Vous avez tort, croyez-moi.

— Je l'aimais.

— Alors, excusez-moi d'avoir ravivé en vous de pénibles souvenirs.

— Je vous remercie de m'avoir parlé de lui. Très sincèrement : merci. Adieu, sidi Mouilleminche.

Yvonne entendit Léonie qui ouvrait la porte de la chambre. Elle s'éloigna.

Elle imaginait mal ce qu'elle pourrait être dans vingt ans, encore moins pensant à — par exemple — Perdrix fils, qui, il est vrai, n'était pas le premier. Ce qui la frappait tout d'abord dans le dialogue qu'elle venait de surprendre, c'était la dénomination de «sidi Mouilleminche» que Léonie donnait à Crouïa-Bey, ce qui impliquait une intimité, qui était invraisemblable ; ce ne pouvait donc être qu'une nouvelle preuve de l'excentricité de cette personne. Puis ce qui retint Yvonne, ce fut la précision et la force du souvenir qui rattachait Léonie à son premier amant, force et précision qui semblaient aussi absurdes qu'un comportement de rêve. Fallait-il qu'elle ait eu le béguin pour en être encore troublée ! Drôle de femme ! Marrant !

Yvonne traversa la rue des Larmes, se dirigeant vers la rue du Pont, et, quelques pas plus loin, un jeune homme vint marcher à sa hauteur. Il avait couru. Yvonne, qui avait été accostée plus d'une fois, le regarde avec décision et reconnaît en lui un garçon qui, depuis plusieurs jours, lui fait du plat, à son stand de l'Uni-Park. Une fois même, il lui avait offert une tournée d'auto à ressorts, tournée qui s'était terminée d'une drôle de façon.

94

Qu'est-ce qu'il va raconter?

— Je vous ai aperçue de loin. Je me promenais dans la rue des Larmes. Je vous attendais plus ou moins, comme vous me l'aviez dit.

— Qui ça? Moi?

— Vous m'aviez dit que vous passiez quelquefois dans cette rue, le matin.

— Ça m'étonne.

— Si, si, je vous assure, vous me l'avez dit. Ça vous ennuie si je vous accompagne un bout de chemin?

— Vous avez l'air bien décidé à le faire.

— Avec votre permission. Avec votre permission. À propos, savez-vous ce qui m'est encore arrivé hier soir?

— Pourquoi? Il vous arrive habituellement des choses extraordinaires?

— Je ne sais pas si elles sont extraordinaires, mais en tout cas elles ne sont pas ordinaires. Votre père ne vous en a pas parlé?

— Non.

— Eh bien, il avait été assez chic, après ce que je lui avais fait, vous vous souvenez?

— Ah! c'est vrai.

— De me faire entrer comme aide chez le fakir, la nouvelle attraction, à droite de la grande entrée. Et figurez-vous que, sur la scène, j'ai été tellement ému de le voir s'enfiler des épingles à chapeau dans les joues que je me suis évanoui. Il n'était pas content, le fakir. Ça fait que je suis encore sans situation.

— Ce n'est pas moi qui vous en trouverai une.

— Je ne vous demande pas ça! La preuve, c'est que je me suis débrouillé jusqu'à présent. Non, je vous racontais ça histoire de causer. Et aussi pour vous dire qu'il était pas très prudent pour moi de me représenter à l'Uni-Park. Vous avez vu comme j'ai été enlevé l'autre jour?

— Non.

— Vous vous appelez bien Yvonne, non?

— Tiens, d'où vous tenez ça?

— Les copains. Vous savez que vous êtes la plus jolie, la plus belle, la plus luxueuse jeune fille à qui j'ai jamais osé causer?

— C'est l'audace qui vous vient avec l'âge?

— Je pense pas. C'est pas moi la cause, c'est vous. Quand je vous regarde, je me crois au cinéma. Vous avez l'air descendue de l'écran. C'est impressionnant, je vous assure.

— Et quelle est votre star préférée?

— Vous.

— Ah! Et dans quels films m'avez-vous vue?

— Dans des films pour moi tout seul, en rêve. Sans blague.

— Quelle histoire!

— Je vous jure. Mais naturellement, c'est beaucoup plus intéressant d'être à côté de vous dans la réalité.

— Pour moi aussi: je peux me défendre. Est-ce que je sais ce que vous faites de moi dans vos rêves? Un drôle de type comme vous... Dites donc, il se les enfonce pour de bon, le fakir les épingles?

— Je veux: j'en ai eu le cœur chaviré.

— C'est un vrai fakir, alors?

— Probable, du moment qu'un fakir, c'est un type qui fait des trucs comme ça. Vous n'avez pas été le voir?

— Je ne peux pas quitter mon stand.

— C'est vrai. À propos, on s'est bien amusé l'autre jour dans les petites autos. Non?

— Si. Assez.

— Je ne pourrais pas vous réinviter un de ces jours? Pas à l'Uni-Park, mais ailleurs. On irait au cinéma, ou danser.

— C'est que je ne suis pas libre le soir en ce moment. Durant toute la saison.

— Une copine voudrait pas vous remplacer pour une fois?

— Pensez-vous. Et mon père? Il en ferait un foin.

— Mais alors vous n'êtes jamais libre!

— C'est ce que je me tue à vous répéter.

— Mais le matin, tôt? C'est gentil de se promener à ce moment-là, et puis c'est hygiénique.

— Merci, j'aime bien me lever tard.

Elle s'arrêta brusquement.

— Ici, il faut me quitter. Je vais voir quelqu'un dans cette rue. À bientôt. Je passe quelquefois par ici.

Elle lui tendit la main, qu'il garda dans la sienne.

— Alors, pas moyen de se voir un peu plus longuement, un de ces jours?

— Non.

Elle retira sa main et s'en fut. Pierrot la regarda s'éloigner. Elle entra, un peu plus loin, dans une petite papeterie-mercerie, à la devanture de laquelle s'empoussiéraient des réglisses, des Pères La Colique, des bobines de fil et des publications illustrées gauloises ou enfantines. Des soldats de plomb éclopés se menaçaient de leurs sabres ou de leurs fusils tordus tandis que jaunissaient à en roussir d'authentiques images d'Épinal. À l'extérieur, des pinces à linge proposaient aux passants les journaux du jour. La marchande se tenait habituellement dans son arrière-boutique et écoutait au son du carillon qui pendait derrière la porte.

Aussi s'élança-t-elle lorsque sa fille entra.

— B'jour m'man, dit Yvonne en effleurant légèrement des lèvres le front de la dame pour ne pas lui mettre du rouge.

— Eh bien, dit joyeusement Mme Pradonet, te voilà! Ça faisait bien trois mois que tu ne m'avais pas fait l'honneur de venir me voir. Si j'ai bien compris ton petit mot, tu restes déjeuner avec moi?

— Oui, m'man, dit Yvonne qui s'était mise à feuilleter une gazette cinégraphique.

— Qu'est-ce qui t'a décidée à venir?

— Rien, répondit Yvonne.

Elle leva les yeux et offrit à sa mère un regard dont la candeur n'était pas à discuter.

— Absolument rien, ajouta-t-elle, et elle se remit à regarder les images.

— Tu n'as jamais été très menteuse, dit Mme Pradonet. Comment va l'Eusèbe?

— Bien.

— Et la Léonie?

— Elle a des secrets avec le fakir.

Mme Pradonet s'esclaffa :

— Le fakir ? Quel fakir ?

— Je te raconterai ça tout à l'heure.

— Et toi, Vovonne, j'oubliais de te le demander. Ça va ?

— Magnifiquement.

Elle avait fini son journal. Elle le reposa sur la pile de ses analogues.

— On déjeune ? demanda-t-elle.

— Tout de suite, si tu veux. Je te ferai une grillade. Tu fais toujours attention à ta ligne ?

La table était mise dans l'arrière-boutique. Sur le fourneau à gaz, quelque chose mijotait dans une casserole. Les deux femmes se mirent à croquer des radis. Mme Pradonet racontait de vagues choses de sa vie quotidienne, le propriétaire qui était discourtois, le chat qui était foirard, la clientèle enfantine qui avait du goût pour la mystification et la chapardise ; bref, tous les petits empoisonnements d'une vie tranquille. Mme Pradonet, menue personne assez mal soignée, en parlait d'ailleurs sans conviction, et ne s'attendait certainement pas à ce que sa fille s'y intéressât. Elle bavardait pour le plaisir d'abord, pour meubler le silence ensuite, car Yvonne ne semblait pas encore disposée à raconter l'histoire du fakir. Tout en causant, elle se taillait de larges tranches de pain, et les arrosait de petit blanc. Yvonne remarqua que, malgré ses dimensions moindres, sa mère avait un appétit à peu près égal à celui de Léonie. Ce qui la surprit.

— Qu'est-ce que tu regardes comme ça ? lui demanda sa mère.

— Tu ne laisses pas rouiller tes dents, répondit Yvonne.

— Qu'est-ce que tu veux, à mon âge les plaisirs se font rares. Plus jeune, j'en avais d'autres. Si tu crois que c'est drôle, ma vie. Ah! ton père est un beau salaud. Avoir installé cette femme à mon foyer, et ensuite m'avoir jetée dehors comme une indigne.

— Tu m'as raconté ça cent fois. Il ne fallait pas te laisser faire : il y a le revolver, le vitriol, les procès.

Mme Pradonet haussa les épaules.

— Ce n'est pas mon genre, dit-elle. Mais Pradonet paiera ça un jour, d'une façon ou d'une autre, et tu vois, Vovonne, je ne m'en réjouirai même pas. Quant à Léonie… celle-là…

— Ah! c'est vrai, il faut que je te raconte l'histoire du fakir.

— Attends, je te fais ta grillade.

Tandis que sa mère cuisinait, Yvonne rangeait rêveusement en cercle autour de son assiette les queues de ses radis. Mme Pradonet, qui se trouvait de la psychologie, lui demanda :

— Tu es amoureuse?

— Moi? Ah! bien!

— Qu'est-ce que ça aurait d'étonnant? C'est arrivé à d'autres qu'à toi. Moi-même, si je n'avais pas gardé pour ton père un sentiment profond…

Elle leva solennellement en l'air la fourchette qui avait transpercé le bifteck.

— J'ai quelquefois l'impression que ça pourrait encore m'arriver.

— Tu me fais rire, dit Yvonne d'un ton neutre.

Elles attaquèrent la bidoche, bien rôtie à l'extérieur et qui, en dedans, saignait.

— Et ce fakir? demanda Mme Pradonet.

— Il s'appelle Crouïa-Bey. Il travaille en ce moment dans la première baraque à droite après la grande entrée. Pas très sympathique, barbu, quarante ans environ, basané, l'œil magnétique.

— Je vois, dit Mme Pradonet. J'en ai connu des tas des comme ça. Faut s'en méfier.

— Eh bien, dit Yvonne, figure-toi, que quand je suis sortie pour te voir, j'ai surpris une conversation entre Léonie et lui.

— Ah! ah! écoutons voir ça.

— J'aurais du mal à te la répéter, mais en gros il s'agissait d'un type que Léonie a aimé il y a une vingtaine d'années, qui l'a plaquée et qui, depuis, est mort. Et que Crouïa-Bey connaissait.

— Tu dis une vingtaine d'années?

— Il m'a semblé.

Mme Pradonet fit, mentalement, quelques calculs.

— À cette époque-là, Léonie et moi on était intimes. On dansait ensemble le kékouok à la Boîte à Dix Sous près de la République. On était jeunes, elle plus que moi, et on avait des robes à paillettes courtes au-dessus du genou, avec des bas noirs, aussi les amoureux on n'en manquait pas. Mais on leur tenait la dragée haute. On n'était pas des dévergondées. On savait choisir. Je me demande lequel ça peut bien être.

— Je ne sais pas. Mais ce qui me paraît le plus drôle, c'est qu'elle appelle Crouïa-Bey Sidi Mouilleminche.

— Mouilleminche! s'écria Mme Pradonet. Que je suis bête de ne pas y avoir pensé tout de suite. Mouilleminche! Mais naturellement! Elle en était complètement toquée, et elle le faillit devenir complètement, toquée, quand il la plaqua. C'était un beau garçon qui avait une voix splendide. Il chantait à la Boîte à Dix Sous, un ténor c'était, et qui poussait la romance à vous en remuer les tripes. Toutes les filles couraient après lui, pas moi, mais c'est Léonie qu'il choisit. J'ai dit, pas moi, parce que les artistes, ça ne m'a jamais paru sérieux. Je me suis bien trompée, en ce sens que les pas artistes peuvent aussi bien ne pas être sérieux, ton père par exemple.

— Pauvre papa, dit Yvonne. Il se croit un grand homme d'affaires.

— Il faut reconnaître que, parti de rien, le voilà directeur de l'Uni-Park. Tu auras une belle dot, et un bel héritage.

— Oui, dit Yvonne avec indifférence, mais sans Léonie il ne serait pas arrivé là.

Mme Pradonet se tut. Elle mit le fromage sur la table, et des fruits.

— Avoue-le, dit Yvonne.

Du bout de son couteau, Mme Pradonet malaxait du beurre et du roquefort.

— Avoue-le, dit Yvonne.

— C'est possible.

— C'est comme ça. Tu le sais mieux que moi.

— Je ne suis tout de même pas la personne indiquée pour prôner les louanges de Mme Léonie Prouillot! s'exclama Mme Pradonet.

— Non bien sûr. Pauvre maman.

Elles se turent et terminèrent le repas en silence. Avec le café, Mme Pradonet prenait toujours une petite liqueur. Yvonne n'aimait pas ça. Elle alluma une cigarette anglaise.

— Elle l'a reconnu le Crouïa-Bey, reprit-elle d'une voix indifférente à la teneur des propos qu'elle supportait. Je ne sais pas où elle l'avait vu avant. C'est le frère de ce Mouilleminche.

— Je ne sais pas s'il avait un frère.

— Ça t'intéresse ce que je te raconte? Parce que moi, tu sais...

— Qu'est-ce que tu as encore entendu?

— Oui. Ce qui intrigue Léonie, c'est la fille pour laquelle il est mort, ce Mouilleminche.

— Comment ça?

— Oui. Ce Mouilleminche est mort, paraît-il, à cause d'une certaine jeune fille de Palinsac, et Léonie se demande qui ça pouvait bien être. Et remarque qu'il y a une dizaine d'années de ça, si j'ai bien compris. J'ai eu l'impression que ça l'intéressait plus que tout, cette jeune fille. Marrant.

— Tu sais que Léonie, malgré son apparence de femme d'affaires, a toujours eu de temps en temps des idées bizarres. Quand ça ne serait que d'avoir pris Pradonet comme amant. Mais à part ça, je la comprends. Quand tu auras un passé, Vovonne, tu t'apercevras quelle drôle de chose que c'est. D'abord y en a des coins entiers d'éboulés : plus rien. Ailleurs, c'est les mauvaises herbes qui ont poussé au hasard, et l'on y reconnaît plus rien non plus. Et puis il y a des endroits qu'on trouve si beaux qu'on les repeint tous les ans, des fois d'une couleur, des fois d'une autre, et ça finit par ne plus ressembler du tout à ce que c'était. Sans compter ce qu'on a cru très simple et sans mystère quand ça s'est passé, et qu'on découvre pas si clair que ça des années après, comme des fois tu passes tous les jours devant un truc que tu ne remarques pas et puis tout d'un coup tu t'en aperçois. Léonie s'intéresse à la femme pour laquelle est mort un homme qui l'avait aimée elle, c'est bien naturel. Des idées comme celle-là et même des plus baroques, il en pousse tous les jours sous le crâne de tout le monde, tu le sauras quand tu auras mon expérience.

— Pas gai tout ce que tu me racontes là, m'man.

— Et toi, ma fille, dis-moi un peu ce qui t'a passé par la tête ces temps-ci.

— Rien de bizarre, va. Rien du tout même à proprement parler.

— Toujours pas d'idées de mariage ?

— Oh ! non.

— Des amoureux ?

— Peuh !

— Je sais ce que c'est. À l'Uni-Park, on doit t'en faire des propositions. Enfin, ça t'apprend à connaître les hommes : des flambards dont pas un sur dix peut faire un amoureux potable.

— Là, je crois que tu dois avoir raison.

— Tu apprendras que le proverbe «un de perdu, dix de retrouvés» ne s'applique pas aux types bien. Si tu en perds un, tu n'as pas beaucoup de chances d'en dégoter un autre. On ne gagne jamais deux fois le gros lot. C'est pour ça que moi, après Pradonet — sans parler des sentiments profonds que j'ai gardés pour lui —, je ne cherche pas. Pourtant je pourrais si je voulais. Mais quoi? Partager les rentes et le pieu d'un retraité raplapla dont je devrais plus tard soigner la prostate? Merci! J'aime mieux être fidèle.

Yvonne écoutait ces discours sans marquer beaucoup d'émotion. Mme Pradonet reprit:

— Et toi? Tu ne dis rien. Tu ne te confies pas à moi. Raconte-moi un peu quelque chose de toi, enfin. Je suis ta mère, bon dieu!

Yvonne se demanda si un tout petit verre de liqueur suffisait à faire jurer une personne polie. À quoi tenait la dignité des gens...

Mais Mme Pradonet n'était pas saoule; elle exprimait ses sentiments avec force et invoquait la divinité tout comme un poète lyrique.

— Mort dieu! continua-t-elle, tu viens me voir une fois tous les trois mois et tu ne trouves rien à ton sujet sur quoi causer.

Le carillon de la porte d'entrée tinta. Mme Pradonet se précipita. Yvonne la suivit; elle terminait sa cigarette.

Deux galopins étaient entrés dans la boutique, avec des mines futées et hypocrites. Trois ou quatre autres collaient leur nez contre la vitre.

Mme Pradonet demanda :

— Alors, mes petits, qu'est-ce que vous désirez ?

L'un des deux morveux sortit un soldat de plomb de sa poche et demanda :

— Vous n'auriez pas pour lui une capote, m'dame ? Vous voyez, m'dame, c'est un Anglais.

— Une capote ! s'étonna Mme Pradonet. Pour un Anglais ! Un soldat de plomb ! Mais je n'aurai pas cela !

— Mais, m'dame, c'est pour remplacer une chaude pelisse.

L'autre gamin était en extase devant les astuces de son collègue, et se pouffait. Il profitait d'ailleurs des événements pour glisser sous sa veste un numéro de Toto-Bonne-Bille, journal pour enfants énormément prisé par les plus loustics représentants de cette catégorie sociale.

Yvonne intervint.

— Voulez-vous bien fiche le camp, petits salauds, s'écria-t-elle.

Les petits salauds battirent en retraite et se bousculèrent vers la sortie. Le numéro subtilisé de Toto-Bonne-Bille reprit sa place.

— Mais, mamz'elle, pleurnicha le plus audacieux des deux, on n'a rien dit de mal.

— Allez ouste, cria Yvonne.

Elle les prit par le bras et les secoua jusque sur le trottoir, à la grande et impitoyable joie de leurs camarades qui attendaient les résultats de la farce. Yvonne referma la porte. Ils s'étaient enfuis.

— Ce que ça peut être bête les gosses, soupira Mme Pradonet.

— On s'amuse comme on peut, dit Yvonne. Alors, m'man, merci du bon déjeuner, contente de t'avoir vue en bonne santé, et à bientôt.

Elle l'embrassa.

— Au revoir, ma Vovonne, dit Mme Pradonet, et ne te fais pas trop désirer.

Le carillon tinta, et Yvonne se retrouva dans la rue du Pont, ainsi nommée parce qu'elle mène à l'ancien pont d'Argenteuil, maintenant démoli. Le soleil donnait à bloc, peu de gens se déplaçaient.

Yvonne descendit cette rue du Pont vers l'avenue de la Porte-d'Argenteuil, qu'elle atteignit peu de temps après, car deux cents mètres à peine séparaient la boutique de sa mère du point de conjonction de ces deux voies. Alors, un caillou volant à travers l'espace lui passa devant le nez ; ce caillou était animé d'un dynamisme puissant. Yvonne s'arrêta. Elle regarda autour d'elle. Deux ou trois pierres vinrent rouler à ses pieds en faisant de petits nuages par terre. Les jeunes farceurs expulsés menaient ardemment leur vengeance ; ils occupaient une position stratégique très forte, embusqués derrière les arbres, tout près d'un tas de munitions préparé pour la réfection de la chaussée.

Les garnements ajustaient leur tir, et les projectiles devenaient de moins en moins approximatifs. Yvonne, quand elle était môme, se battait autant que les garçons, et souvent avec eux ; elle savait ce que c'était, et, sans fausse honte, courut s'abriter derrière un gros platane. Profitant de ce premier succès, les assaillants esquissèrent une attaque latérale; une partie de leurs effectifs traversa l'avenue et s'avança d'arbre en arbre en opérant des tirs transversaux. Yvonne recula de plusieurs platanes; elle attendait patiemment qu'un passant courageux dispersât la bande de ces petits emmerdeurs. Elle connaissait suffisamment la vie pour savoir qu'il ne pouvait manquer d'apparaître et que le nombre des chances pour qu'il en fût ainsi était si considérable que cette probabilité devenait à l'échelle humaine une certitude.

Et en effet, il apparut. Il attaqua par-derrière le gros des forces enfantines, et le dispersa. Il distribua généreusement les gifles et les coups de pied au derrière. Ce fut la fuite. Le justicier retint par le collet celui qu'il supposait être le chef et lui cogna plusieurs fois la tête contre un tronc d'arbre, pour lui apprendre. Puis il l'envoya dinguer; le gosse s'écorcha les genoux sur l'asphalte, ensuite détala.

Le type s'approcha d'Yvonne; elle le reconnut. C'était un des employés de l'Uni-Park qui s'amenait tout doucement à son travail. Il n'avait pas l'air ému par sa bataille contre les moustiques; d'ailleurs, ce grand zèbre blond conservait son sang-froid devant la plupart des événements, bien que la «fatalité» (fatalitas) ait voulu que, malgré sa bienveillance habituelle à l'égard des humains, il ait été condamné à plusieurs reprises pour coups et blessures.

Paradis souleva de quelques millimètres la

partie antérieure de son couvre-chef et s'exclama simulant la surprise :

— Tiens, mademoiselle Yvonne !

Il ajouta d'un air intéressé :

— C'est à vous qu'ils en avaient, les moujingues ?

Il termina son entrée en matière par cette interrogation amusée :

— Qu'est-ce que vous pouvez bien leur avoir fait ?

— Je leur avais tiré les oreilles. Mais ça n'a aucune importance.

Paradis comprit que quelques remarques blasonnières sur les enfants en général et sur les chenapans de la porte d'Argenteuil en particulier eussent été accueillies avec indifférence et même impertinence, et qu'Yvonne désirait changer de sujet dc conversation. Il trouva donc à dire ceci :

— Vous allez maintenant à l'Uni, mademoiselle Yvonne ?

— Oui.

— Ça ne vous fait rien si j'y vais avec vous ?

— Non.

Ils marchèrent quelque temps en silence.

Paradis cherchait quelque chose à lui dire. Il trouvait bien des phrases comme «dis donc, belle gosse, tu dois en avoir du beau linge» ou bien encore «le père Pradonet, ton radin de papa, quand est-ce qu'il se décide à nous accorder une augmentation?», mais il sentait bien que ce n'était pas ce qu'il fallait lui dire à Mlle Yvonne, et qu'il devait se donner la peine de chercher quelque chose de plus relevé. Il essaya tout d'abord du temps qu'il fait, bien qu'il sût et tout en sachant que ça ne mènerait pas très loin.

— Fait beau aujourd'hui, dit-il.

— Oui, dit-elle.

Elle le regarda.

Elle le trouvait bien. Elle l'avait remarqué plus d'une fois à l'Uni-Park, mais il n'avait jamais fait attention à elle.

Lui, après sa tentative de conversation météorologique, continuait à se demander ce qu'il pourrait bien sortir, en dehors d'appréciations tendancieuses sur la direction de l'Uni-Park ou des invites directes à la copulation. Évidemment, il n'avait jamais fait attention à Yvonne : il savait bien que ce n'était pas du gibier pour lui. Conscient de son infériorité sociale, il n'osait lever les yeux sur elle : il ne voulait pas péter plus haut qu'il n'avait le derrière, ni se risquer dans une aventure larmoyante comme on en voit au ciné ou dans les feuilletons lorsque des gars dépérissent pour l'amour d'une inaccessible, qu'à la fin on veut faire croire qu'ils épousent.

Cependant le voisinage de cette belle fille commençait à l'émouvoir, et, tout en cherchant son sujet de conversation inoffensif, il essayait de tourner un madrigal.

Comme penser deux choses à la fois dépassait ses capacités, il en conçut un certain trouble et n'osait ouvrir la bouche de peur de bafouiller.

Mais Yvonne lui demanda :

— Vous êtes toujours au Palace de la Rigolade?

Ah! Il y a de quoi causer là-dedans.

— Oui, toujours, répondit-il.

— C'est dur le boulot?

— Les samedis et dimanches, et jours de fête, c'est esquintant, mais les autres jours on est assez peinard, tellement même qu'on va quelquefois donner un coup de main aux copains des manèges.

— Qu'est-ce que vous y faites, vous?

— Eh bien, je...

Mais Paradis hésita. Tout d'un coup, il s'aperçut, ou crut s'apercevoir, que c'était assez difficile à expliquer sans insinuer des choses contraires à la décence; et, comme il imaginait à l'instant même qu'il faisait subir à la fille du patron, celle-là même qui marchait à côté de lui, l'érotique humiliation qu'il infligeait chaque soir à toutes les femmes qui s'aventuraient dans le Palace, il eut quelque mal à trouver une réponse sans implications concrètes précises.

— Vous savez, il y a des trucs, des attrapes. J'aide les dames dans les passages difficiles.

— Je n'ai jamais mis les pieds dans votre Palace, dit Yvonne.

Cette phrase transforma aussitôt Yvonne dans l'esprit de Paradis.

Tous les ragots qu'il avait entendu raconter sur elle se dissipèrent, et elle apparut rayonnante de pureté, de chasteté, de virginité.

— Mais, continua-t-elle, je suppose que ça ne doit pas être désagréable comme labeur.

Les ragots reprirent aussitôt consistance, comme des nuages noirs et lourds évoqués par les conjurations d'un sorcier. Paradis jugea Yvonne perverse et décida sur-le-champ qu'elle serait à lui, et pas plus tard que ce jour même.

— Non, bien sûr, dit-il négligemment, mais ce sont surtout les spectateurs qui en profitent.

— Je sais, dit Yvonne.

Cette remarque le déconcerta, mais tout de même, il se lança :

— Il y a un coup de vent qui soulève les jupes des dames et même des jeunes filles (il fut assez content de ce : « et même des jeunes filles »). Alors vous comprenez, il y a un tas de satyres, c'est le mot, qui viennent exprès pour se rincer l'œil. Nous, on les appelle les « philosophes ». C'est des vicieux.

— Et vous, demanda Yvonne en riant, ça ne vous intéresse pas ?

— Je ne dis pas, dit-il très rapidement, mais enfin passer son temps à ça, faut être malade ou un peu sinoque.

— Vous aimez les plaisirs plus consistants ?

Paradis, très gêné, se demanda ce qu'il allait encore pouvoir répondre. Si elle faisait les avances, alors il n'aurait plus le mérite de la « séduire ». Comme c'était ce qu'il avait l'intention de faire, et ce dont il avait de plus le désir de se vanter, il éprouva quelque rage à se voir ainsi devancer.

— Comme tout le monde, quoi, dit-il sans chercher de finesses.

— Qu'est-ce que vous en savez? demanda Yvonne.

Il la regarda de côté. Elle le mettait en boîte, c'était pas possible.

— Qu'est-ce que j'en sais : quoi? Ce qu'aiment les autres, ou ce que j'aime, moi?

Il avait l'air furieux, ce qui fit rire Yvonne.

— Enfin, conclut-elle, vous ne les trouvez pas sympathiques, ces philosophes.

— Bah! dit-il, tout d'un coup très las, je ne sais pas. Je gagne ma croûte, quoi. Il y en a qui font pire.

— Je ne vous reproche rien, dit Yvonne.

Du moment qu'il ne serait plus question du Palace de la Rigolade, il se sentait soulagé. Du coin de l'œil il admira Yvonne. Quelle belle gosse! Et il n'avait pas l'air de la dégoûter. Quoiqu'il ne fût pas encore très sûr qu'elle ne se foutît point de lui.

Ils avaient traversé la rue des Larmes et longeaient les murs de l'Uni-Park. Ils approchaient de l'immeuble Pradonet.

— Si on se promenait encore cinq minutes? proposa Paradis.

Yvonne le regarda droit dans les yeux.

— C'est ça, dit-elle. Cinq minutes.

V

Mounnezergues était en train de préparer son dîner lorsqu'on sonna. Il faisait revenir des pommes de terre. Il mit le petit feu sous la casserole. Il n'attendait personne. Il supposa un instant, bien romanesquement, que c'était le jeune homme qui s'était intéressé à la chapelle qui revenait le voir, pour entendre raconter de nouvelles histoires ou même par simple amitié. Il ouvrit et vit Pradonet.

Il le fit entrer dans sa salle à manger où son couvert était déjà mis ; alla quérir une bouteille d'apéritif et deux verres. Ils burent.

— Voilà bien longtemps que vous n'êtes venu me tourmenter, dit Mounnezergues. Quoi de nouveau ?

— Rien, dit Pradonet.

— Alors ?

Pradonet but encore.

— L'autre jour, je montrais l'Uni-Park du haut de ma terrasse à un visiteur. Il a naturellement remarqué la tache noire que fait votre chapelle. Allons, Mounnezergues, qu'est-ce que ça peut bien vous fiche les princes poldèves ?

— C'est tout? demanda Mounnezergues.

C'était tout, sans doute, car Pradonet ne répondit pas.

— Pourquoi, demanda Mounnezergues, pourquoi voudriez-vous que j'aie changé d'avis? Je suis pas un lunatique.

— Mais bonguieu, s'écria Pradonet, encore une fois, qu'est-ce qui peut bien vous attacher aux princes poldèves? Vous ne touchez pas un sou d'eux. Ils ont complètement disparu. Ça ne ferait de mal à personne si ce tombeau était démoli et votre bonhomme enterré dans un cimetière, comme tout le monde.

— Pradonet, dit Mounnezergues, voilà près de dix ans que nous avons périodiquement la même conversation. C'est une vieille habitude qui nous manquerait si nous parvenions à nous entendre.

— Mais je le veux ce terrain, moi. Et de votre conversation, permettez-moi de vous dire, Mounnezergues, que je m'en passerais bien.

— Et moi c'est de votre argent que je me passe, dit Mounnezergues. Vous le savez bien.

Ils vidèrent leur verre.

— Encore un peu? demanda Mounnezergues.

Pradonet parut acquiescer. Mounnezergues remplit les deux verres.

— Ce n'est pas, reprit-il, parce qu'un invité malpoli vous a fait remarquer que votre terrain n'était pas carré, que je vais me décider. Non. Le prince Luigi restera enterré sous cette chapelle et j'ai pris mes précautions pour qu'après ma mort il continue d'en être ainsi.

— Et si je faisais déposer une bombe dans votre chapelle, une bombe qui foutrait tout en l'air ? ou si je faisais voler les ossements de votre Luigi ? Qu'est-ce que vous diriez ?

Mounnezergues se mit à rire :

— Pradonet, dit-il, vous n'avez pas eu ces idées-là tout seul. C'est Mme Prouillot au moins qui vous les a suggérées.

Pradonet soupira.

— Vous pouvez être sûr, Mounnezergues, dit-il, que si ça intéressait Mme Prouillot de voir ce terrain rattaché à l'Uni-Park, il y aurait longtemps que ça serait fait. Mais ça ne l'intéresse pas. Elle trouve que ça ne nous donnerait rien de plus.

— Elle est raisonnable, dit Mounnezergues.

— Vous, vous ne l'êtes guère, dit Pradonet. Refuser une petite fortune pour permettre à un obscur métèque de reposer en paix !

— Bien sûr, en paix ! Tout le monde a le droit de reposer en paix ! Vous croyez que c'est drôle, vous, d'avoir son squelette dans une vitrine de musée par exemple ! ou bien encore, pensez à ces rois égyptiens qui dormirent paisiblement pendant des siècles et dont on trimbale les momies jusqu'en Amérique !

— Vous voyez, s'écria Pradonet, un beau jour votre prince Luigi, on viendra le déterrer, comme les autres.

— Simple supposition. Et puis il aura eu quelques années de tranquillité.

— Ça suffit, dit Pradonet, cessons cette discussion absurde.

Il se leva.

— Attendez! s'écria Mounnezergues, j'ai quelque chose encore à vous dire. Vous vous plaignez toujours, mais moi aussi, j'ai quelque sujet de mécontentement.

Pradonet le savait, mais l'autre tenait à le lui répéter encore une fois.

— Vous trouvez ça gentil, vous, demanda Mounnezergues, d'avoir installé un parc d'attractions près d'une tombe? Vous trouvez que ça montre du respect pour les morts, ça, vous?

— Vous voudriez peut-être que je ferme mon établissement?

— Je ne sais pas. Réfléchissez à cette question.

Pradonet haussa les épaules. Mounnezergues se leva, et reconduisit son visiteur jusqu'à la porte.

— Bonsoir, Pradonet.

— Bonsoir, Mounnezergues.

Celui-ci retourna vers ses pommes sautées presque, maintenant, torréfiées. L'autre se dirigea lentement vers sa maison, car il était l'heure aussi pour lui d'aller dîner. S'en alla donc, mais non sans s'arrêter quelques instants devant le modeste mausolée du prince Luigi. Tout en regardant ce monument dont l'étrangeté de style l'inquiétait vaguement, Pradonet pensait à tout autre chose. Il pensait — par extraordinaire — à sa femme; il n'y pensait d'ailleurs que par la bande, car le cours de ses cogitations l'amenait tout d'abord à la défunte personnalité de Jojo Mouilleminche, premier amant de Léonie, et ce n'est qu'une rêverie ultérieure qui le portait, de son flot trouble, à retrouver l'image d'Eugénie, son épouse légitime. Il revint chez lui sans s'être bien rendu compte de ce qui, vaguement, le tourmentait.

Durant le dîner, il put constater que Léonie prenait des attitudes rêveuses ; il put constater aussi l'absence d'Yvonne. On s'était mis à table sans elle. De temps en temps, il ronchonnait :

— Qu'est-ce qu'elle fabrique ? cette garce.

Yvonne était toujours à l'heure. Elle avait été bien élevée. Aussi ce retard semblait-il faramineux. La première idée du père, comme de la fausse belle-mère, fut, naturellement : la bagatelle.

— Où peut-elle bien avoir été traîner, la salope ? dit Pradonet.

Et il s'étonne en constatant que ça n'intéressait pas du tout Léonie, les imprécations que la fugue de sa fille pouvait lui inspirer. Il finit par se taire et, de temps à autre, il se posait de vagues questions au sujet de Crouïa-Bey ou de son frère, le ténor décédé ; mais n'y répondait pas. À neuf heures, Léonie, rejoignant son poste d'observation, le laissa seul devant son verre de fine. Il rêvassa quelques instants encore et finit par décider, envers lui-même, que ce qui le turlupinait, c'était l'état civil de Crouïa-Bey ; car celui-ci lui avait montré ses papiers, et dessus, il ne s'appelait pas du tout Mouilleminche. Alors comment pouvait-il être le frère d'un nommé Mouilleminche ? Est-ce qu'il ne se serait pas payé la figure de

Léonie? Pradonet avait réfléchi à la question depuis, parce que le premier jour ça ne l'avait pas frappé. Il réfléchissait lentement, mais il réfléchissait tout de même, sans être jamais bien sûr de savoir où il allait, et, comme pour des raisons simples mais difficilement conjecturables, Crouïa-Bey avait peut-être des raisons légitimes de ne pas se nommer pour tout de bon, Mouilleminche, comme son frère, il décide de ne plus se préoccuper outre mesure de cette question et passe à l'ordre du jour, qu'il vote à sa propre unanimité. Puis il monte sur la terrasse.

Ça giclait, comme à l'ordinaire, lumières et bruits, mais l'attention de Pradonet ne se fixa que sur des zones de silence et d'ombre : la chapelle poldève d'abord, et, nouveau sujet d'irritation, le cirque Mamar qui venait s'installer de l'autre côté de l'avenue de Chaillot, juste en face de l'Uni-Park, sur un terrain vague où quelques années auparavant on avait mis des fragments déshérités d'une exposition internationale. Léonie trouvait, elle, que la présence de ce spectacle n'enlèverait aucun client, en amènerait plutôt. Possible, pensait Pradonet ; mais il aimait régner seul. Son regard allait de la tombe à la tente et de la tente à la tombe, puis se posait, nostalgique et lassé, sur la vibrionique et poussiéreuse agitation dont il se glorifiait d'être responsable.

Soudain elle parut s'ordonner, cette agitation. Il y eut comme un creux vers lequel elle s'écoula toute, en déferlant. De son perchoir,

Pradonet entendit des clameurs que déchiraient des cris pointus. Puis il vit une petite plume de fumée s'allonger tout doucement vers le ciel : les philosophes (c'est eux qu'il fallait en premier lieu soupçonner) foutaient le feu au Palace de la Rigolade. Les cars de la police se rangèrent le long du trottoir près de la porte d'entrée et Pradonet prit un plaisir morose à suivre les évolutions du guet, et sa fine stratégie, dispersant la manifestaille. Ça sautait, ça valsait, ça se bagarrait ferme, en bas. Et vinrent les pompiers qui arrosèrent çà et là tout ce qui leur paraissait suspect, foyers ou rebelles. Ils s'en allèrent les premiers, les pompiers, puis s'en furent les sergents de ville. Les manèges recommencèrent à tourner, et l'on faisait circuler les gens qui s'attardaient pour voir les dégâts.

Pradonet se souvint alors de l'absence de sa fille ; il se pencha sur sa longue-vue et chercha le stand de tir à la mitrailleuse : Yvonne n'était pas là. Il descendit dans la salle à manger, bien vexé par tant de soucis. Il but un petit verre au passage, et continua sans hâte sa descente. Il passait par une petite porte située dans l'arrière-cour de son immeuble, et se trouvait ainsi tout de suite dans l'Uni-Park, juste derrière la tour aux avions. En face de lui, le Palace de la Rigolade faisait piteuse gueule, roussi et délavé : une lettre de deuil trempée de larmes. Pradonet aperçut Tortose qui discutait ferme avec un de ses employés. Des flics éloignaient les badauds.

— Où que vous allez, vous? lui demanda l'un d'eux.

Tortose intervint :

— C'est le patron.

À Pradonet, il dit :

— En voilà encore une histoire! Le commissaire prétend que ce coup-ci, c'est réglé, on va fermer mon attraction.

— Qu'est-ce qui s'est passé? demanda Pradonet, très lointain, très serein, très olympien.

Très doucement triste en fin de compte.

— Raconte ça au patron, dit Tortose à Petit-Pouce.

— J'en ai marre, dit Petit-Pouce.

Il avait encore pris un ou plusieurs coups de poing dans la gueule et s'essuyait un coin de lèvre qui saignait paisiblement.

— Qu'est-ce qui s'est passé? lui demanda Pradonet.

— Je n'y suis pour rien, dit Petit-Pouce, n'empêche que vous allez me liquider.

— On vous mettra dans un autre manège, dit Pradonet.

— C'est vrai? demanda Petit-Pouce.

— Promis.

Tortose s'étonna. Lui, en tout cas, il était de la revue. Ruiné! dira-t-il. Qu'est-ce qui prenait au patron?

— Alors, raconte! ordonna Pradonet.

— Voilà, dit Petit-Pouce. Depuis l'autre jour, on n'est que deux, ça n'est pas suffisant. Aujourd'hui, j'étais tout seul, c'est encore moins. Paradis, mon copain, n'est pas venu, je ne sais pas ce qu'il fout, il est peut-être malade, je ne sais pas, en tout cas, j'étais tout seul, eh bien, ça n'est pas suffisant. Y avait pas mal de monde, et tous les philosophes qu'on a l'habitude de voir, tous bien à leur place, et les yeux bien en face des trous pour reluquer les mômes. Ça commence. Je me mets pour aider les poules à passer le va-t-et-vient. Bon. Mais je ne pouvais pas être partout. Devant le tonneau, personne. Les mouquères voulaient pas passer. Celles qu'étaient avec un homme à poigne, il les aidait. Mais voilà, ils ne s'arrêtaient pas sur le courant d'air, bien sûr. Alors les philosophes qui ne voyaient pas de jupes s'envoler, ils étaient pas contents. Mieux même que ça, ils entrent en fureur. Deux belles blondes leur passent devant le nez, et ils n'ont pas le droit de mater plus haut que le genou. Ça va mal. Ils s'excitent, ces zèbres-là. Encore une dont ils ne voient pas les dessous. Ils en bavent. Ils m'engueulent même. Je descends au tonneau. Alors c'est au va-t-et-vient que ça ne marche plus. Je me fais agonir. Alors les plus marles entreprennent de me remplacer. Ils grimpent sur l'estrade et s'emparent des femmes pour les coller sur le courant d'air. Les messieurs de ces dames trouvent qu'ils vont un peu fort, les philosophes. On commence à se bousculer. Et naturellement ça ne tarde pas à dégringoler, les gnons sur le coin de la gueule. Pan ! Pan ! Pif ! paf ! Et je te rentre dedans, et je te mords l'œil. Les satyres sont déchaînés. Les femmes se décident à hurler ferme. Les prudents se débinent. Les acharnés veulent profiter de la situation. Des fessées s'organisent. Mais entre hommes, on continue à se marteler la hure et à se piétiner les parties. Une poule, ça je l'ai vu, avec le pouce et l'index, elle essaie d'enlever un œil à un type qui entreprenait de l'explorer. Et puis ça passe dans l'idée de tout le monde, comme ça, tout d'un coup, sans qu'on sache pourquoi, sans explications, de mettre le feu à la baraque. Ni une, ni deux, c'est merveille la rapidité du travail : une petite flambée vient nous satisfaire tous. Les flics, après, sont arrivés : ils n'ont pas eu de mal à sortir les gens, ils étaient calmés, à peu près. Pour terminer, on a eu les pompiers qui ont mis de l'humidité partout.

Petit-Pouce se tut.

Tortose alors poussa sa lamentation :

— Et dire qu'à cause de ces imbéciles, me voilà ruiné. Le commissaire me l'a dit : ça fait trop d'histoires coup sur coup dans votre établissement, cette fois on vous le ferme définitivement. Et il a ajouté que d'ailleurs il le méritait, qu'il soit fermé, mon établissement, pourquoi ? parce qu'il était immoral. Ils ont mis du temps pour s'en apercevoir qu'il l'était, immoral, mon établissement. En tout cas, il l'est, fermé, mon établissement, et bien fermé, et moi qu'est-ce que je vais devenir avec ma femme et mes enfants ? Lui là, Petit-Pouce, vous lui trouvez une autre place, mais moi ? Ça ne change pas : les ouvriers sont toujours favorisés. Mais moi et ma femme et mes enfants ?

— Vous avez des économies, Tortose, dit Pradonet.

— Heureusement! Sans ça il ne me resterait plus qu'à crever. Mais ça ne me mènera pas loin.

— Vous inventerez une autre attraction, Tortose, je vous connais.

— Pas la peine de me consoler, allez.

— Qu'est-ce que vous voulez que je vous dise de plus?

Il lui tendit la main, que l'autre reçut mollement, puis s'éloigna. Petit-Pouce estima qu'il était de son intérêt de coller aux chausses du grand patron afin de ne pas louper le coche. Il se mit donc à marcher aux côtés de Pradonet.

— Dans quel manège que vous allez me caser, monsieur? demanda-t-il.

Pradonet se tourna vers lui et le regarda comme s'il venait de le découvrir :

— On vous en avisera, dit-il.

— Bien, monsieur.

Pas la peine d'insister. Petit-Pouce n'était pas arrivé à quarante-cinq ans sans savoir ce qu'il faut encaisser dans la vie, les couleuvres qu'il faut avaler, les mollards qu'on reçoit sur la face et qu'il faut essuyer en disant merci, encore. Il jugea donc inutile de s'agripper plus longtemps et resta sur place, planté.

Comme on le bousculait, il se déplaça.

Il n'avait pas suffisamment insisté sur le fait que tout cela ne serait pas arrivé si Paradis ne s'était pas absenté sans prévenir, et si Pierrot avait été remplacé; surtout, si Paradis ne s'était pas absenté. Mais il n'avait pas voulu accabler Paradis. Cette méchante action eût été des plus inutiles puisque le copain serait de toute façon balancé. Petit-Pouce se mit à réfléchir sur l'ensemble de toute sa vie (à lui), tandis que son œil enregistrait automatiquement la présence de philosophes devant un manège de cochons sur lesquels s'étaient hissées des filles haut troussées, ou l'absence d'Yvonne à côté de la mitrailleuse. Il vit sa vie tout entière et très vite, comme on dit que le font habituellement les noyés, en tableaux avec des titres : les parents, la communale, l'apprentissage, le service militaire, l'agence privée A. Z. (enquêtes en tous genres, spécialité de divorces), première indélicatesse, première escroquerie, premier chantage, mariage, autres indélicatesses, autres escroqueries, autres chantages, face à face avec la police (la vraie), l'expiation, la rédemption, les tout petits emplois dont le moins brillant n'était certes pas celui d'aide-bourreau au Palais de la Rigolade. Il avait fait pire. Et l'épouse : pas commode ; et la marmaille : en prime.

Petit-Pouce toucha du pied le fond de l'abîme et remonta soudain vers la surface, emporté par un tourbillon de haine. Il vit alors les philosophes et haussa les épaules. Il vit alors le stand déserté et rapprocha aussitôt l'absence d'Yvonne de celle de Paradis. Il essayait de repérer un type avec lequel il pourrait engager une querelle et échanger des coups. Il crevait de dépit, de désespoir, d'amertume. Il regardait autour de lui avec des yeux féroces, mais en fin de compte ce n'est que Pradonet qu'il aperçut accompagné de celle que l'on appelait Mme Pradonet.

Les idées de bigorne l'abandonnèrent brusquement, et son premier projet de s'accrocher aux basques du grand patron lui parut de nouveau excellent. Il s'avança donc en douce, mais, lorsqu'il arriva près de Léonie, Pradonet avait disparu, poursuivant sans doute sa tournée. Petit-Pouce s'arrêta pile. Léonie le photographia.

Elle lui fit un signe. Il crut comprendre et s'approcha. Il pinça les fesses de son feutre mou, le souleva de quelques millimètres au-dessus de sa tête, le reposa sur son socle et attendit.

— Vous travailliez bien au Palace? demanda la dame.

— Oui, madame Pradonet, répondit-il avec un sourire servile.

— Alors vous êtes sans place?

Elle était drôlement dure, la rombière. Petit-Pouce protesta en bafouillant :

— Le patron, M. Pradonet, m'a promis que dans un autre manège, on pourrait m'employer...

— Ouais, fit Léonie, vous en êtes sûr?

— Il m'a promis. M. Pradonet m'a promis.

— Est-ce que ce n'est pas de votre faute, s'il y a eu émeute?

— Moi? Ma faute? Oh! non, madame Pradonet. Pensez donc que j'étais tout seul, au lieu de trois qu'on est d'habitude.

— Où étaient les autres?

— Un a été mis à la porte il y a quelques jours et n'a pas été remplacé et l'autre n'est pas venu ce soir, je ne sais pas pourquoi, il doit être malade.

Petit-Pouce vit alors que son interlocutrice ne s'intéressait pas du tout à ce qu'il lui racontait et s'amusait à le faire parler. En effet, elle lui demanda tout d'un coup :

— Vous avez été de la police, autrefois ?

— Oui, madame.

Il eut une contraction du côté de la glotte, mais il ne pouvait pas nier. Et cependant... Il se reprit :

— Ce n'est pas tout à fait exact, madame Pradonet. J'ai travaillé pour une agence privée.

— Vous savez mener une enquête.

C'était, de la part de Léonie, autant affirmatif qu'interrogatif ; plus un désir qu'un doute.

Petit-Pouce se rassurait. Pas de doute, elle voulait le lancer à la poursuite de sa fille, de sa belle-fille plutôt, d'Yvonne quoi. Comme il savait où elle était, car il ne doutait pas qu'elle ne fût allée vadrouiller, et pis, avec Paradis, une jubilation se mit à bouillonner en lui, qu'il eut peine à contenir. Il ne put s'empêcher cependant de déclarer :

— Si j'ai mené des enquêtes, madame ? Je veux. Et j'en ai réussi de drôlement calées.

— Ce n'est pas la peine de vous vanter. Ce que je vous demanderai n'aura rien de bien difficile.

— Est-ce que vous voudriez m'en confier une ? demanda Petit-Pouce qui tremblait d'impatience (d'autant plus qu'il prévoyait du travail tout cuit).

127

— Oui, et voici mes conditions.

— Ce seront les miennes, madame Pradonet.

— Mille francs et un emploi stable ici, si vous réussissez. Trente francs par jour pour vos cigarettes. Mille francs d'avance pour vos frais. Plus, s'il le faut. Vous justifierez vos dépenses. Dans huit jours, vous devez avoir terminé. Ça vous va ?

— Oui, madame Pradonet. Mais oui, madame Pradonet.

Il avait l'impression d'avoir des éclats de soleil dans la nuque. Il aurait bien pleuré.

— Et qu'est-ce qu'il faut faire, madame Pradonet ? Qu'est-ce qu'il faut faire ?

Léonie le poussa dans un coin d'ombre.

C'est bien ça, pensa Petit-Pouce, il s'agit de la môme qu'a mal tourné et qu'on veut que je retrouve.

— Je vous écoute, madame Pradonet, dit-il.

— Voilà ce qu'il s'agit, pour vous, de faire : découvrir dans quelles circonstances exactes est mort à Palinsac il y a environ dix ans un nommé Jojo Mouilleminche ; et si, comme on me l'a dit, c'est pour l'amour d'une jeune fille qu'il trouva la mort, retrouver cette jeune fille.

— Vous avez bien dit : il y a dix ans ?

— Oui.

— C'est que ce ne sera pas très commode.

Il râlait un peu de voir que c'était du vrai boulot.

— C'est faisable, dit Léonie.

Elle sortit de l'argent de son sac. Petit-Pouce

jugea qu'après tout, il avait de la veine. Il encaissa et remercia.

— Il me faudrait tout de même d'autres renseignements.

Il disait cela pour cacher son émotion de palper une soyeuse image, non par conscience professionnelle.

— Vous pouvez vous débrouiller avec ça, dit Léonie, d'ailleurs moi-même je n'en sais pas plus.

— Mais qu'est-ce qu'il faisait ce Mouille-minche par exemple?

— Il chantait.

— Là. Vous voyez que vous en savez plus.

— Il chantait dans les cafés-concerts d'abord sous le nom de Chaliaqueue, puis sous celui de Torricelli. Il devait avoir dans les trente ans quand il est mort. Cette fois-ci, c'est vraiment tout.

— Et cette jeune fille?

— Elle aurait été sa maîtresse.

— Encore un renseignement que vous négligiez de me donner.

— Assez, monsieur Petit-Pouce. Ne commencez pas à faire le malin parce que vous venez de toucher un billet de mille. N'oubliez pas que vous me rendrez compte de vos dépenses. Enfin, je suppose que le plus simple est d'aller sur place mener votre enquête. Il y a un train qui part demain matin à cinq heures. Qu'est-ce que vous penseriez de le prendre? Et vous me tiendrez au courant, chaque jour. C'est entendu?

— Oui, madame. Je pars cette nuit même, madame Pradonet.

— Bon. Et il faut que vous me signiez ça.

Elle lui montre un papier : un reçu de mille francs. Petit-Pouce signe. Elle remet le papier dans son sac. Après avoir dit à Petit-Pouce qu'elle espère recevoir bientôt le télégramme dans lequel il lui annoncera qu'il a retrouvé la jeune fille en question, elle s'en va.

Lorsque Léonie fut partie, Petit-Pouce se demanda si la jeune fille en question ne serait pas tout simplement la fille de Pradonet et si on n'avait pas employé avec lui un langage chiffré qu'il n'avait pas compris et qu'on le supposait devoir entraver. Cette idée le tourmenta pendant quelque temps et lui gâcha son plaisir d'aller faire un petit voyage avec le portefeuille bien garni.

Après avoir erré quelque temps dans l'Uni-Park en regardant distraitement telle ou telle attraction, il finit par se convaincre que le langage de la dame était parfaitement clair et qu'il lui fallait s'embarquer au petit jour pour Palinsac. Il devait donc passer chez lui prendre une valise et prendre congé de sa ménagère — ceci en ayant bien soin de ne pas laisser soupçonner à cette personne l'existence du billet de mille. En y repensant, à ce billet, il lui sembla percevoir une brûlure sur la poitrine, à l'endroit du portefeuille ; et il songea tout aussitôt à l'entamer, ce billet. Il se précipita hors du Park vers l'Uni-Bar pour y consommer une choucroute et plusieurs demis.

Quand il entra dans le café, les deux premières personnes qu'il aperçut furent Yvonne et Paradis. S'il s'était agi d'elle, se dit-il avec quelques regrets, mon enquête serait déjà terminée. Paradis était assis à côté d'Yvonne et se frottait contre elle comme un lapin en rut. Il n'eut pas l'air gêné par la présence de Petit-Pouce et lui fit un signe que celui-ci interpréta comme une invite à s'asseoir à leur table. Tout en se demandant si son copain avait déjà couché avec la fille, ou si c'était pour tout à l'heure, il s'approcha.

— Vous le reconnaissez? demanda Paradis à Yvonne, c'est le pote qui travaille avec moi au Palace.

— Qui travaillait, dit Petit-Pouce en s'asseyant et en projetant son feutre mou vers une patère où il s'accrocha.

— Pourquoi «travaillait»? demanda Paradis légèrement inquiet.

— Comment, tu n'es pas au courant? s'étonna Petit-Pouce qui, faisant le poli avec Yvonne, ajouta: ça va peut-être vous déranger, mais j'ai une de ces envies de m'envoyer une choucroute...

Eux, ils buvaient de la bénédictine.

— Pas du tout, dit Yvonne. Boulottez donc tout ce qui vous plaît, même de...

Paradis lui mit la main sur la bouche.

— Elle a un peu bu, dit-il à Petit-Pouce.

— Tu as la dernière de Paris-Soir? demanda ce dernier.

— Oui. Mais je n'ai rien gagné.

Petit-Pouce chercha son numéro avec application. Tous les deux risquaient onze francs à chaque tirage. Quelquefois on les remboursait. Entre-temps, ils faisaient des projets ; la fortune ne les prendrait pas au dépourvu. Mais ce coup-ci encore, elle ne les pourvoyait pas.

Petit-Pouce rendit le journal à son copain.

— Ça fait rien, dit-il en attaquant la choucrouter.

— Tu as l'air d'avoir les crocs, remarqua Paradis.

— Pas tellement. C'est seulement pour le plaisir.

— Elle sent fort, remarqua Yvonne.

— Ça, je vous avais prévenue. Mais si ça vous gêne, je vais m'installer ailleurs.

— Elle dit ça pour te faire marcher, dit Paradis.

Il serra Yvonne contre lui. Elle se dégagea, mais sans protester. Petit-Pouce n'arrivait pas à se faire une opinion.

— Alors, demanda Paradis que taraudait toujours une petite inquiétude, ça s'est bien passé sans moi ?

— Tu parles, répondit Petit-Pouce en mâchant de la saucisse.

— Oui ? ou non ?

— Attends. Je vais te raconter ça.

Et il entassait de la moutarde et de la charcuterie sur un bout de pain. Yvonne le regardait avec un dégoût amusé.

— J'ai soif, dit-elle à Paradis.

— Ça suffit, dit Paradis.

Il avait très peur de la voir saoule. Il devinait que telle, elle ferait du scandale. Ça ne l'amusait pas.

Mais elle appelait le garçon.

— Un demi !

— Sur de la bénédictine, ça rend malade, dit Paradis.

— Moi aussi, un autre demi, dit Petit-Pouce qui terminait méthodiquement sa choucroute.

— Moi aussi alors, dit Paradis qui était maintenant sûr de voir la soirée se terminer par des horions et des fusées de vomi.

Yvonne souriait droit devant elle, déjà pas mal ivre et ravie à l'idée de boire de la bière sur de la bénédictine devant un gros trapu qui dévorait de la choucroute, tout ça au milieu de beaucoup de fumée, pouah ! Elle continuait à sourire.

Le garçon apporta les trois demis. Il y avait eu un petit silence. Petit-Pouce venait de torcher la dernière goutte de jus qui croupissait encore dans son assiette.

— Bon, dit-il.

Et s'adressant à son pote, avec jovialité :

— Eh bien, figure-toi, ils m'ont mis à la porte.

— Sans blague ? demanda l'autre qui fronça les sourcils.

Yvonne se tourna vers lui et lui rit au nez :

— Mais vous aussi, grand benêt ! s'écria-t-elle.

— Bien sûr, dit Petit-Pouce avec bonhomie.

Paradis faisait la triste gueule. Il avait emmené

Yvonne vadrouiller toute la journée, il l'avait invitée à dîner, il lui avait fait une cour éperdue, soutenue par un pelotage insistant, mais il n'avait pas pensé un seul instant qu'il pouvait être balancé. Il avait confiance dans la vie. Il avait passé une bonne journée (pas tout à fait complètement toutefois puisqu'il n'avait pu décider Yvonne à lui accorder ce qu'elle avait accordé au fils Perdrix (il en était sûr), au fils Tortose (c'était probable) et à Paroudant de l'Alpinic-Railway (ça se racontait).

Il trouva quelque chose à dire :

— Moi je comprends, mais toi?

Il s'adressait à Petit-Pouce.

Celui-ci écrasa un renvoi entre ses dents et poussa quelques ricanements qui éclatèrent comme des pets. Il était d'excellente humeur et, plein de brio, raconta les incidents qui avaient amené la fermeture du Palace de la Rigolade.

— Faudra tout de même aller voir demain si c'est définitif la fermeture, dit Paradis.

— Puisque je te le dis, dit Petit-Pouce. Y a pas à revenir là-dessus. Qu'est-ce que tu vas faire maintenant?

Il continuait à les regarder tous les deux en se demandant si oui ou non, ils avaient forniqué. Ça l'intriguait énormément, et ça lui faisait comme une tristesse l'idée qu'il allait partir pour la province sans avoir tiré la chose au clair.

Paradis, lui, cherchait une réponse. Il devinait que son copain ne s'en faisait pas et qu'il avait dû trouver quelque nouveau boulot à faire. Il ne voulait donc pas lui réjouir trop le cœur en lui avouant qu'il allait se trouver dans le cirage. Il lui dit :

— Oh! moi, tu sais, je peux attendre. On a été à Vincennes, nous deux Yvonne, et j'ai décroché la grosse cote. Alors je vais me reposer. J'ai envie de faire un peu de camping, dans le Midi, maintenant.

— C'est ça, dit Petit-Pouce qui ne crut pas un mot de cette histoire, mais qui la pensait destinée à la poule et non à lui.

— Il a gagné cinq mille balles, dit Yvonne. Aussi va-t-il nous offrir une bouteille de mousseux.

— Après la bière! gémit Paradis.

Le garçon, qui sentait qu'il y avait des trous dans le moral de ce côté-là, rôdait autour de la table et se précipita pour enlever la commande.

— Tu es souvent bidard, toi, dit Petit-Pouce à son copain. Je l'ai vu gagner plusieurs fois, ajouta-t-il pour l'instruction d'Yvonne, dans des cas où il n'avait aucune chance, avec des canassons impossibles. Seulement la veine ne se marie pas à l'amour. Pas vrai?

— Lourdingue va, murmura Paradis.

Et avec plus de force :

— Et toi, gros malin, qu'est-ce que tu vas faire?

— Moi? fit Petit-Pouce en savourant les doulces blandices de l'hypocrisie, moi? je suis en plein goudron. Qu'est-ce que je vais devenir? Avec la femme? et les gosses!

— Pauvre vieux, dit Paradis, certain maintenant que l'autre avait trouvé à se caser ailleurs.

Le garçon apporta le mousseux d'un pas guilleret et enleva le bouchon avec de grands airs. Il servit, on trinqua.

— À ta chance, à tes amours, dit Petit-Pouce.

— À ta prochaine embauche, dit Paradis.

Yvonne but son verre et se leva :

— Eh bien, dit-elle, moi je m'en vais maintenant.

Paradis essaya de garder dans la sienne la main qu'elle lui tendait :

— Vous ne voulez pas que je...

— Restez donc entre hommes.

Il n'osa insister.

Devant la porte, elle rencontra Pierrot qui entrait :

— Bonsoir, lui lança-t-elle.

Il n'avait pas eu le temps de la reconnaître. Il la regarda s'éloigner, puis son attention fut ramenée vers le café où il aperçut Petit-Pouce et Paradis. Il se dirigea vers leur table.

— Ça boume ? demanda-t-il cordialement.

Il découvrit alors dans sa tête que la jeune femme qu'il venait de croiser, c'était Yvonne. Il s'assit et vit les trois verres.

— Tiens, dit-il, elle buvait le coup avec vous ?

— J'ai passé la journée avec elle, dit Paradis qui avait envie de grincer des dents et roulait des gros œils tout blancs de férocité.

Mais il estimait que le départ d'Yvonne l'avait rendu ridicule aux yeux de Petit-Pouce.

— Tu as couché ou tu n'as pas ? lui demanda Petit-Pouce.

— Ça te regarde ?

— Je vois, elle t'a fait marcher.

— Qui ça ? moi ?

— Elle a dû te croquer déjà pas mal de sous.

— J'ai l'habitude de payer pour les femmes avec qui je sors. Je ne suis pas un maquereau.

— Ouais, fit Petit-Pouce.

Il se tourna vers Pierrot, avec l'impression extrêmement satisfaisante d'avoir écrasé un copain et de le laisser anéanti sur le terrain. Le fait est qu'après l'avoir ratatiné du regard, Paradis s'était contenté de se verser une coupe de mousseux qu'il avait avalée d'un trait, comme il l'avait vu faire au cinéma par les acteurs lorsqu'il leur faut accomplir des gestes de désespoir.

— Alors, dit-il à Pierrot, tu sais que le Palace de la Rigolade est fermé ?

— Non, dit Pierrot avec indifférence.

— On s'y est battu. Les philosophes avaient commencé à y mettre le feu.

— Sans blague, dit Pierrot.

Il s'en moquait royalement. Petit-Pouce lui demanda tout de même :

— Et toi, qu'est-ce que tu deviens ?

Il ne répondit pas tout de suite. Il se posait lui aussi des questions sur ce qui avait pu se passer entre Yvonne et Paradis, mais il possédait beaucoup moins de points de repère que Petit-Pouce ; il était donc assez enclin à croire que les deux autres : oui. Il n'en éprouvait qu'un étonnement médiocre, quoique légèrement attristé ; il eût fort désiré connaître les moyens employés par son ami pour parvenir à ce résultat. Comme il voyait le garçon passer, il le pria d'apporter un autre verre, afin qu'il pût également participer à la consommation de la bouteille de mousseux.

— On te demande ce que tu deviens, dit Paradis en lui versant à boire.

— Rien, dit Pierrot.

Cette réponse, quoique inexacte, ne surprit personne, tant ils étaient habitués à l'entendre de tout un chacun. Leur camarade enchaîna aussitôt :

— Tiens, vous connaissez la petite chapelle derrière l'Alpinic-Railway ?

— Qu'est-ce que tu veux que ça me fasse ta chapelle, dit Paradis qui ruminait sa déroute et ne s'était jamais jusqu'à présent soucié d'archéologie religieuse.

Petit-Pouce, qui avait des prétentions, entre autres celle d'être sagace observateur et celle de connaître à fond le quartier (il se ressentait de son ancien métier, qu'il allait reprendre, un peu), dit :

— Celle de la rue des Larmes ?

— Vous savez ce que c'est ?

Ils ne pouvaient guère le prétendre puisque lui semblait tenir prête sa réponse. Ils se contentèrent de foncer sur ce qui restait de mousseux, et Petit-Pouce, entraîné à la dépense, en offrit une autre, car, s'il devait prendre le train à cinq heures, ce n'était pas la peine de se coucher.

— Tu ne nous as toujours pas raconté ce

que tu comptais faire, dit-il à Pierrot avec une bienveillance accrue.

— Rien de spécial pour le moment. Mais, pour revenir à cette chapelle, je ne vous expliquerai pas ce que c'est puisque ça n'a pas l'air de vous intéresser, mais...

— Si, si, dit Paradis qui commençait à oublier Yvonne, le prix de la bouteille de mousseux et son renvoi du Palace, si, explique-nous ça, on désire s'instruire.

— Figurez-vous que j'ai fait la connaissance du gardien. Ça, c'est quelqu'un.

— Continue, tu nous intéresses, dit Petit-Pouce qui, plus âgé que les deux autres, employait parfois des expressions démodées.

— Autrefois, il a possédé tout le terrain où il y a maintenant l'Uni-Park, il avait ça de famille, c'est un monsieur bien.

— Puisque tu es si malin, dit Petit-Pouce, est-ce que tu sais, toi, à qui ça appartient maintenant ces terrains ?

— Ça n'appartient pas à Pradonet ? demanda Paradis qui ne désespérait pas de devenir le gendre du patron.

— À Pradonet ! s'écria Petit-Pouce. À ce grand veau ! Penses-tu. Et puis, je parie que vous ne savez pas comment et par qui a été fondé l'Uni-Park.

— On s'en balance, dit Paradis.

— Raconte voir, dit Pierrot.

Petit-Pouce but un coup de mousseux, se sécha la moustache du dos de la main et dit :

— Ils s'y sont mis à quatre, Pradonet d'abord, naturellement ; c'est lui qui a eu l'idée. Il possédait un très beau manège, avec quelques sous à gauche. Prouillot ensuite, son copain. Il apportait l'Alpinic-Railway et sa femme, que vous connaissez maintenant sous le nom de Mme Pradonet, mais qui n'est pas plus Mme Pradonet que je ne suis le Pape...

— Comment sais-tu tout ça ? demanda Paradis.

— Prouillot, lui, est mort, continua Petit-Pouce, et sa femme, naturellement, en a hérité. Ce n'est pas tout.

— Et Yvonne, demanda Pierrot, c'est la fille de qui ?

— De Pradonet et de sa première femme, une qu'il a plaquée et qui tient maintenant une mercerie dans la rue du Pont.

— Je comprends, dit Pierrot.

— Tu comprends quoi ? demanda Petit-Pouce.

— Comment sais-tu tout ça ? demanda Paradis.

— Le troisième associé, continua Petit-Pouce, c'était Perdrix que vous connaissez tous les deux : une nouille. Sa part était pas grande, et elle l'est restée. Le quatrième se nomme Pansoult, c'est l'oncle de la soi-disant Mme Pradonet. C'est à lui qu'appartiennent les terrains.

— Ah ! je vois, dit Pierrot, c'est à lui que Mounnezergues les a vendus.

— Mounnezergues ?

— Oui : le gardien du tombeau du prince poldève.

— Poldève ?

Et il leur raconta ce qu'il savait de la chapelle de la rue des Larmes, des Poldèves et de leurs princes.

Les deux autres l'écoutaient, parce que amateurs d'histoires et devenus rêveurs. Paradis ne savait plus très bien où il en était. Petit-Pouce se disait que c'était bon à savoir cette préhistoire de l'Uni-Park et se croyait très sage. Il aimait aussi voir la soirée s'étirer filandreusement, car il espérait ne pas se coucher avant son départ à cinq heures pour Palinsac.

Pierrot épuisa tout son savoir, à quelques détails près cependant, qu'il oubliait. Alors tous trois burent et Petit-Pouce, pour changer les idées, proposa un tournoi de billes à vingt sous. Il y avait justement à l'Uni-Bar un splendide appareil où, à chaque fois qu'on faisait mille points, une petite baigneuse s'illuminait. Pierrot accepta d'enthousiasme et Paradis languissamment, mais le patron leur objecta qu'il était deux heures moins cinq et qu'on fermait. Le match fut remis à une autre fois et le garçon s'approcha. Petit-Pouce fit remarquer qu'il y avait une bouteille pour lui et tira son portefeuille de sa poche-revolver. Mais il ne montra pas encore son billet de mille. Il attendait voir ce qu'allait faire Paradis. Et Paradis fit ce qu'avait prévu Petit-Pouce qui s'admira de se constater si sagace : il lui emprunta cent francs.

Puis ils allèrent dans un musette boire un dernier verre. Petit-Pouce rentra ensuite chez lui, fit sa valise et, laissant sa femme à demi endormie et peu compréhensive, prit à cinq heures le train pour Palinsac.

VI

Pierrot fut réveillé vers les sept heures par la bonne de l'hôtel. Elle venait de voir annoncé, en une dernière heure en caractère gras, que l'Uni-Park avait été, cette nuit même, incendié. La nouvelle intéressa vivement Pierrot, qui craignit un instant pour Yvonne ; mais on n'annonçait pas de victimes. Le journal terminait son rapport en informant ses lecteurs que la cause de ce sinistre demeurait inconnue ; mais que des spécialistes allaient s'efforcer de résoudre ce problème.

— Alors, vous voilà sans place, monsieur Pierrot, dit la bonne qui le croyait toujours employé là-bas.

Elle le regardait avec sympathie et compassion. Lui n'avait que la tête au-dessus des draps ; pour le reste, il était à poil. Comme il s'était couché bien tard après avoir un peu plus bu que de coutume, il avait bien de la peine à ouvrir les deux yeux à la fois.

— Hélas ! oui, répondit-il. Il faut que j'aille voir ce qui se passe.

Mais il n'avait pas envie de se précipiter sur

le champ du désastre, et, s'il dit «je me lève», ce ne fut que pour décider la bonne à sortir. Le résultat obtenu, il referma les yeux et se rendormit pour encore une petite heure. Cette dose supplémentaire de sommeil, il l'avait ressentie comme nécessaire.

Son vêtissement et sa toilette ne s'accompagnèrent que de vagues rêveries accompagnées du chantonnement spasmodique de refrains connus. Ce n'est que devant son jus au bistrot voisin qu'il jugea tout à fait nécessaire, et peut-être urgent, d'aller voir quelle gueule faisait l'Uni-Park après une nuit de combustion. Il s'y rendrait donc le matin même, mais il n'en allongea point cependant pour cela le pas et s'en fut sans manifester cette agitation qui ne convient qu'aux âmes un peu balourdes qui ne savent pas se défendre contre la mobilité du destin.

Il suivit son itinéraire habituel et, comme de coutume, s'attarda devant les roulements à billes. Il ne ratait jamais ce spectacle mécanique et distrayant. Puis il s'avança dans l'avenue de Chaillot et constata en tout premier lieu que la tour aux avions avait disparu. Des foyers mal éteints fumaient encore.

Des flics gardaient les décombres. Des gens se mettaient ensemble pour mieux voir et plus discuter.

Les femmes en stuc en avaient pris un sacré coup. En une nuit, elles avaient vieilli de cinquante ans ; leur chignon s'était éméché et leurs nichons leur dégringolaient sur les cuisses.

144

Mieux même, elles avaient changé de race : un substantiel postère noirci les affectait d'une stéatopygie hottentote.

Tout comme la tour aux avions, la super-structure de l'Alpinic-Railway s'était effondrée.

Pierrot se joignit à un groupe de commentateurs parmi lesquels il reconnut quelques philosophes. Un gros père disait à un petit vieux :

— C'est une véritable catastrophe ! Et vous savez, vous, monsieur, comment c'est arrivé ?

— Il paraît qu'un court-circuit...

Un personnage qui bavardait un peu plus loin avec de grands gestes se précipita :

— Jamais de la vie, monsieur ! Jamais de la vie ! J'ai tout vu. J'habite là.

Il désigna l'une des directions de l'espace.

— De ma fenêtre j'ai tout vu, continua-t-il. C'est un attentat.

On n'attendait pas moins.

— Voilà ce qui s'est passé : j'ai eu l'estomac dérangé cette nuit par des conserves qui ne devaient pas être fraîches, du cassoulet. Ça m'a donné la migraine, sans compter la colique, et comme je n'arrivais pas à dormir, j'étouffais à moitié, je me suis mis à la fenêtre, et ma fenêtre, monsieur, donne là.

Il désigna la même direction, à peu près, que tout à l'heure.

— J'ai une vue splendide sur l'Uni-Park. Vue splendide, mais c'est bruyant. Naturellement tout était éteint. Il était dans les trois heures. Je respire le bon air du soir, ça me fait du bien, quand tout à coup les avions se mettent à tourner, s'enlèvent de terre, et les voilà qui volent en rond. Je regarde ça pas mal étonné, lorsque, ça c'est plus fort, les voilà tout à coup qui s'enflamment, ça je vous assure que c'était beau : je n'en revenais pas. Mais le mieux ça a été quand ils se sont un à un décrochés et ont été choir en des points différents de l'Uni-Park où ils ont collé le feu partout. Ça je vous fiche mon billet que ça valait le coup, dame oui, grands dieux. En moins de deux, ce magnifique parc d'attractions n'était plus qu'un brasier. Et quelques instants plus tard un tas de braises au milieu desquelles s'écroulait avec un bruit infernal, oui messieurs, le réseau spiraloïde et mouvementé des montagnes russes. Ce n'est qu'à ce moment-là que je compris que j'assistais à l'un des plus terribles incendies des temps modernes.

— Pourquoi ? demanda Pierrot, vous croyiez tout d'abord que c'était une inondation ?

Tout le monde trouva la repartie excellente, et Pierrot en fut d'autant plus satisfait qu'il lui arrivait rarement d'en réussir d'aussi bonnes. Ce n'était pas dans son caractère, et il venait de lancer celle-ci sans s'être bien rendu compte de ce qu'il faisait.

Après avoir envisagé pendant quelques instants la possibilité d'une vengeance immédiate et sauvage, telle que le bris total des lunettes et des trente-deux dents ou la trituration du mastoïdien et la saponification du thymus, le témoin, réflexion faite, se contenta de passer outre.

— Vous rigolez, vous, continua-t-il, mais vous ne vous rendez pas compte. C'était impressionnant au possible : des flammes hautes comme des maisons, de la fumée tant et plus, et puis surtout enfin : c'était un crime, un attentat, car vous n'irez pas me raconter que ces avions se sont mis en marche tout seuls et décrochés tout seuls. Moi j'ai vu, je n'ai pas rêvé.

Comme il avait l'air très exalté, les gens qui l'écoutaient n'osèrent pas proposer des versions différentes, et ils commentèrent la sienne. Qui ? Pourquoi ? Comment ? On épiloguait. Le directeur ? Un ennemi ? Vengeance ? Intérêt ? Complicités ? On rappela l'incident de la veille au Palace de la Rigolade. On envisagea diverses hypothèses, mais à chacune quelqu'un se récriait.

Pierrot écoutait, badaud intéressé, lorsqu'il songea tout à coup à se rendre compte des choses par lui-même.

Il voulut d'abord s'assurer que la maison où habitait Mlle Pradonet n'avait pas été détruite. Il remonta le boulevard Extérieur. Des voitures de pompiers stationnaient encore le long du trottoir et ces militaires arrosaient des débris informes qui prétendaient flamber encore. Des noyaux de curieux se tenaient çà et là ; de temps à autre, la police les faisait rouler, et ils s'arrêtaient un peu plus loin. Au coin de l'avenue de la Porte-d'Argenteuil, ça n'avait pas brûlé. On discutait ferme aussi de ce côté-là. Mais on ne savait pas grand-chose. Pierrot leva le nez s'attendant vaguement à voir Yvonne à une fenêtre, mais personne ne se montrait, pas même une bonne secouant ses tapis. Il continua son tour d'Uni-Park et, après l'avenue de la Porte-d'Argenteuil, s'engagea dans la rue des Larmes. Il eut la satisfaction de constater que la chapelle avait été épargnée. Au moment où il passait devant, il aperçut Mounnezergues qui sortait de chez lui. Ils se reconnurent.

— Alors, jeune homme, cria-t-il de l'autre côté de la rue, c'est une veine! Le feu s'arrêta quelques mètres avant le tombeau!

Il traversa la chaussée et s'empara de la dextre de Pierrot en manifestant une grande cordialité.

— J'ai vu tout l'incendie, continua-t-il. Spectacle grandiose, monsieur. J'étais inquiet pour mon prince, mais le vent a tourné quand il l'a fallu. Tout le quadrilatère est en cendres, sauf ceci… (Il montra la chapelle.) Vous devez penser si je me réjouis. Non que je me félicite de cette catastrophe, quoique… Enfin, nous en reparlerons. Je vous exposerai mes idées là-dessus. Mais ce que je me demande, c'est ce que Pradonet va faire maintenant. Pradonet, c'est le directeur de l'Uni-Park.

— Je le sais, dit Pierrot, j'y ai travaillé.

— Tiens, dit Mounnezergues. Qu'est-ce que vous faisiez?

— Je tenais les bonnes femmes sur un courant d'air au Palace de la Rigolade. Mais je n'y suis resté qu'une soirée. Et une autre soirée comme servant d'un fakir. C'est tout.

Mounnezergues parut satisfait par cette réponse.

— Le Palace de la Rigolade, remarqua-t-il,

est-ce qu'on n'avait pas déjà commencé à y mettre le feu hier soir ?

— Il paraît. Les deux copains qui travaillaient avec moi ont été mis à la porte.

— Des idées de vengeance ?

Pierrot ne comprit pas. Mounnezergues s'en aperçut.

— Qu'est-ce que vous en pensez ? lui demanda-t-il.

— De quoi ?

— De cet incendie.

Il désigna les décombres de l'Uni-Park.

— Je m'en fous, répondit Pierrot.

Il sourit, parce que tout à coup il découvrit que, si Yvonne n'avait plus à tenir son stand, elle pourrait, espérait-il, sortir avec lui de temps en temps, même si elle continuait à voir Paradis.

Mounnezergues insista.

— Vous croyez que c'est naturel, ou bien que c'est voulu ?

— Je n'ai pas d'idée là-dessus.

Et après réflexion :

— En tout cas, ce n'est pas moi, dit Pierrot.

— Ni moi, dit Mounnezergues, quoiqu'on puisse me soupçonner, puisque j'ai un motif. Mais comment aurais-je pu réaliser ? Peut-être un court-circuit suffit-il à expliquer la chose. Peut-être aussi faut-il supposer que Pradonet a des difficultés et qu'il compte sur une assurance qui lui permettra de requinquer ses affaires ?

— Ça je n'en sais rien, dit Pierrot. Pour la façon dont ça s'est passé, j'ai entendu, devant la porte principale, un drôle de type qui prétendait avoir vu le comment de la chose : les avions auraient pris feu, et se sont décrochés en pleine vitesse. C'est eux qui auraient mis le feu partout. Mais il y a une chose que je me demande, c'est le motif que vous pourriez bien avoir de provoquer cet incendie.

— Oh ! pour ça, vous pouvez vous tranquilliser, jeune homme. Jamais un tribunal n'admettra qu'une telle pensée puisse mener à une aussi grande extrémité. Je ne parle pas du simple souci de tranquillité, il faudrait que je vous raconte mes rapports avec votre ex-patron, mais il y a une chose qui me réjouit, je vais vous le dire entre nous... c'est là mon motif... Mais gardez cela pour vous. Juré ?

Pierrot cracha par terre.

— Juré, dit-il.

— Eh bien, dit Mounnezergues, maintenant le prince Luigi va pouvoir dormir tranquille. Avez-vous déjà songé à l'indécence qu'il y avait à ce qu'un parc d'attractions vienne s'installer près d'un sépulcre ? Désormais le dernier sommeil du prince ne sera plus troublé par les chansons des haut-parleurs, les cris des femmes et le ronflement des manèges.

— Mais Pradonet va peut-être reconstruire ? suggéra Pierrot.

— Alors, vous voyez que ce n'est pas le bon motif ! Quant à l'histoire des avions brûlots, c'est une fantasmagorie. Je n'ai rien aperçu de semblable. Et pourtant, j'ai été réveillé par les premières flammes. Oui, je crois que je les attendais depuis longtemps. Je dormais, la fenêtre

150

ouverte du côté de l'Uni-Park. Je dormais, il était peut-être trois heures, trois heures et demie. Et cela m'a réveillé, comme l'aube et le chant du coq. Mais d'avions voltigeant, point.

Pierrot, ne sachant comment continuer la conversation, se taisait. Après un silence, Mounnezergues reprit :

— On pourra soupçonner aussi ces gens qui ont déjà voulu mettre le feu la veille au Palace de la Rigolade : ça les a peut-être mis en train. Ils ont pris le goût des flammes, quoi. On pourra soupçonner des employés injustement chassés, comme vous et vos amis. Ou encore un rival. Qui sait ? Mamar lui-même dont le cirque vient de s'établir en face. Au fait, ça me fait me souvenir que je dois y aller pour serrer la pince d'un vieux copain qui travaille là. Venez donc avec moi, jeune homme, je vous présenterai à quelqu'un d'intéressant, vous vous ferez des relations, vous pourrez même peut-être y trouver du travail. Vous ne faites rien en ce moment, n'est-ce pas ?

— Non, dit Pierrot. Je cherche.

— Eh bien, accompagnez-moi.

Mounnezergues avait fini son bouchonnage quotidien de la chapelle et du jardin circonvoisin. Il rentra chez lui remiser ses ustensiles et prendre son chapeau. Puis il emmena Pierrot. Ils descendirent la rue des Larmes vers l'avenue de Chaillot, qu'ils traversèrent, après avoir laissé sur leur gauche les ruines du dancing de l'Uni-Park.

Au cirque Mamar, on était calme. Mounnezergues interpella un employé qui brossait un zèbre. Il lui demanda où nichait Psermis. L'autre répondit qu'il était sorti, ou plutôt qu'il n'était pas encore là, car il couchait à l'hôtel. Et Burmah, son aide ? Il était en train de soigner ses bêtes.

— Vous ne connaissez pas Psermis ? demanda Mounnezergues à Pierrot. Non ? Vous n'êtes donc jamais allé au cirque ou au music-hall ?

Non. Pierrot allait plus communément au cinéma. Il n'avait absolument pas la moindre idée de ce que pouvait être Psermis, à plus forte raison Burmah, qu'en compagnie de Mounnezergues il allait dégoter dans un coin de la ménagerie.

— C'est un vieil ami à moi, dit Mounnezergues, un des rares, le seul. Je l'ai connu alors qu'il bonimentait à l'Anatomic-Hall que mon père fournissait en figures de cire. Il avait à peine dix-huit ans et il avait déjà un bagout du tonnerre de Dieu pour exhiber ses saloperies. Et figurez-vous, jeune homme, que je l'ai retrouvé plus tard sergent au 3e zouaves où je fis mon temps, en Algérie. C'est là qu'il commence à s'intéresser au dressage d'animaux : il étudie les charmeurs de serpents et lui-même apprend à un sanglier à marcher sur des échasses, ce qui ne s'était jamais fait jusqu'à lui. Ce premier succès l'incite à continuer, et, lorsqu'il fut rentré en France, il adopta ce métier. Comme vous l'ignorez, il est devenu le plus fameux montreur d'animaux savants des deux hémisphères. Je dis montreur, car le succès l'autorise maintenant à se contenter d'acheter les animaux tout dressés.

À l'entrée de la ménagerie, un paillasse leur apprit que Burmah venait de sortir. Ils firent demi-tour.

— C'est embêtant ça, dit Mounnezergues, j'aurais voulu que vous connaissiez Psermis, il vous aurait peut-être trouvé du travail. Cela vous dirait quelque chose de suivre un cirque ambulant ?

— J'aimerais mieux rester à Paris, répondit Pierrot. Mais un petit boulot pour quinze jours, trois semaines, ça ferait mon affaire, surtout dans le coin.

Il pensait à Yvonne, naturellement, elle qui habitait tout près.

— Il ne faut pas être trop exigeant, dit Mounnezergues.

Mounnezergues était tout prêt maintenant à considérer Pierrot comme son fils. Il le trouvait sympathique. Ça l'avait pris comme ça. C'est une passion comme une autre, l'amitié. Car Mounnezergues n'était luxurieux ni de corps ni de consentement. Il regarda Pierrot du coin de l'œil, et cessa son bavardage. Il était en train de faire germer en lui pour la chérir, cette pensée qu'il aimerait bien que Pierrot lui succédât comme gardien du tombeau du prince Luigi, bref en faire son héritier.

Tout en entretenant ce train d'idées, Mounnezergues demandait à tout cirqueux qu'il rencontrait si celui-ci ne saurait lui dire où il aurait des chances, lui Mounnezergues, de rencontrer

Psermis. Plusieurs personnages restèrent sans réponse ; mais l'homme-squelette leur indiqua comme assez vraisemblable Le Cocher Fidèle, un bistrot de laquais au coin de l'avenue de Chaillot et du boulevard Victor-Marie-Comte-Hugo. Ils n'eurent pas à aller jusque-là : non loin du monument de Serpollet, ils rencontrèrent Psermis. Le voilà, dit Mounnezergues en désignant un grand sécot grisonnant qui s'avançait, mains dans les poches en sifflotant un air coquin. Pierrot reconnut le phénomène qui pérorait devant la porte principale de l'Uni-Park. «Et moi qui m'en suis déjà fait un ennemi», songea Pierrot ; mais il espéra que l'autre ne le reconnaîtrait point.

— Psermis ! s'écria Mounnezergues en ouvrant les bras.

Le montreur d'animaux arrêta sa marche et sa chanson pour examiner la situation. Quelques instants se passèrent. Le temps tenait les deux personnages aux extrémités d'un fil élastique tendu. Il relâcha son effort et Psermis se précipita vers Mounnezergues. Ils se donnèrent l'accolade.

— Ce vieux Mounnezergues, disait Psermis. Ils se tapaient dans le dos et souriaient abondamment.

— Figure-toi, disait Psermis, que j'avais l'intention d'aller te voir. Je me souvenais que tu habitais dans ce quartier. Mais j'ai perdu ton adresse. Ce n'était pas de veine. Ce vieux Mounnezergues. Hein, où est le 3e zouaves ; et Constantine ? Agi mena ! chouïa barca !

154

Il riait à plein gosier.

— Et les chameaux, tu t'en souviens? Ce vieux Mounnezergues.

Il regarda Pierrot.

— C'est ton fils?

— Non pas du tout. Tu sais bien que je ne suis pas marié.

L'autre, dans le tuyau de l'oreille, demanda :

— Un péché de jeunesse?

— Mais non, voyons. C'est un jeune employé de l'Uni-Park qui prend plaisir à ma conversation.

— Eh bien, le voilà sans emploi.

— Justement. Est-ce que tu ne connaîtrais pas quelque chose pour lui chez Mamar?

Psermis réfléchit, ou fit semblant.

— Je ne vois pas pour le moment, mais je te ferai signe s'il y a quelque chose en vue.

Ayant ainsi joué son rôle d'employeur dans un style d'une pureté classique, Psermis revint à son commencement, évoquant de nouveau Constantine, le 3e zouaves et les chameaux de Biskra, bled également connu pour ses dattes. Mounnezergues lui donnant la réplique, Pierrot eut tôt fait de s'ennuyer. Il réussit sans peine à s'esquiver, malgré l'amitié que Mounnezergues avait maintenant pour lui, mais qu'obombraient en ce moment les sournois échos de sa jeunesse.

— Je vous ferai signe si je connais quelque chose, lui cria Psermis.

Pierrot se demanda comment.

Il s'éloigna.

Comme il était dans les midi, l'Uni-Bar s'imposait. Pierrot remonta donc le boulevard Extérieur. Devant le parc d'attractions, des gens stationnaient encore. Dans les autobus qui passaient, on se levait pour voir les décombres, cendres et charbons.

Pierrot espérait voir Paradis ou Petit-Pouce, mais ni l'un ni l'autre ne se trouvaient dans le bistrot. Il fit le tour de l'établissement, puis, après avoir commandé un apéritif au zinc, il s'installa devant un appareil à billes et, y ayant coulé ses vingt ronds, commence une partie. Un groupe d'habitués bavardait avec la caissière ; naturellement, ils parlaient de l'incendie. Devant la cage de l'homme du P.M.U., des hippophiles faisaient la queue.

Pierrot perdit. Sans doute le loueur de l'appareil, voyant qu'on y gagnait trop souvent, était-il venu la veille pour en modifier le niveau et limer quelques aiguillages dans la mauvaise direction. Pierrot n'insista pas. Il but son apéritif, en écoutant les conversations des gens ; lesquelles ne lui apprirent pas grand-chose ; sinon que les uns croyaient au court-circuit, et que d'autres disaient que la police s'occupait de l'affaire.

Comme Paradis non plus que Petit-Pouce n'apparaissaient, Pierrot déjeuna debout : d'un sandwich. Il alla passer le reste de la journée le long de la Seine ; il se paya même une piscine et nagea consciencieusement. À l'aller comme au retour, il guigna les fenêtres de l'immeuble Pradonet, mais sans rien y voir d'intéressant. Le soir, à l'Uni-Bar, il n'y avait toujours pas de copains. Pierrot dîna dans un restaurant où l'on ne met même pas de nappes en papier sur les tables parce que, sans doute, la cuisine y est dite bourgeoise. Il se paya ensuite le cinéma (justement on jouait *L'Incendie de Chicago*, c'était une coïncidence), puis revint à son hôtel à travers la nuit. Durant ce trajet, il pensa notamment qu'il fallait qu'il commence à se démerder pour trouver du boulot. Il ne s'attarda pas à cette pensée, cependant, plus rapide que l'éclair; et le reste du temps, il pensa un peu à Yvonne, et beaucoup à rien.

Durant les jours qui suivirent et qui furent quatre, il fit ce même aller et retour de l'hôtel au pont d'Argenteuil et du pont d'Argenteuil à son hôtel, avec quelques boucles autour de l'Uni-Park. Il ne revit Yvonne non plus que ses amis, bien qu'il les cherchât, ni Mounnezergues non plus que Psermis, parce qu'il les évitait. C'est au soir de ce quatrième jour, dégarni de rencontres et d'amitiés, alors qu'il revenait lentement des bords de la Seine où il avait vu pêcheurs et nageurs se partager un bonheur compact avec tant de modération qu'il en restait encore pour les chauffeurs de camions qui, malgré leur strict horaire, s'arrêtaient au coin du pont pour boire le dernier verre de vin rouge avant d'entrer ou de sortir de Paris, et tandis qu'il réfléchissait en lui cette image allégorique, que Pierrot revint à considérer de nouveau l'éclair qui l'avait frappé quelque temps auparavant, à savoir qu'il était temps qu'il se démerde pour gagner sa croûte, car il ne lui restait pas grands fonds en poche et

sa masse de manœuvre pour le P.M.U. avait été
anéantie la veille même par l'imbécile emballe-
ment d'un trotteur à grosse cote que la vue d'un
parapluie rouge brusquement ouvert avait
énervé. Cette notion théorique acquise, il fallait
passer à la réalisation pratique. Pierrot envisagea ses possibilités : un lointain cousin qu'il
voyait en des circonstances difficiles analogues
lui trouverait sans doute une place de démons-
trateur à la Foire de Paris ; un ancien employeur
le reprendrait peut-être pour toucher les cotisa-
tions de l'Assurance à la Petite Semaine de la
Grande Banlieue ; les journaux offriaient leurs
colonnes d'offres et de demandes ; des gens
divers pouvaient être visités. Pierrot préféra tout
d'abord revoir le père Mounnezergues.

Accoudé à sa fenêtre, le père Mounnezergues
fumait sa pipe. Presbyte, il avait repéré Pierrot
dès que celui-ci avait apparu au coin de la rue
des Larmes et de l'avenue de la Porte-d'Argenteuil : aussi avait-il eu le temps de maîtriser sa
joie ; il voulait annoncer paisiblement la bonne
nouvelle au jeune homme, la bonne nouvelle
qu'il lui avait trouvé un petit travail amusant à
faire. Pierrot, qui y voyait clair lui aussi, grâce
à l'épaisseur des lentilles de ses lunettes, s'était
senti examiné par l'autre et s'avançait d'une
marche encore plus négligente que de coutume.
Cependant, lorsqu'il fut à distance raisonnable,
il sourit aimablement et porta deux doigts à son
chapeau. Mounnezergues l'interpella :

— Entrez donc ! J'ai justement à vous parler ! Entrez sans frapper ! La porte est ouverte.

Entrez à droite dans le jardin et prenez le couloir. Je vous attends ici.

— Merci, monsieur Mounnezergues, dit Pierrot.

Il est mieux de le remercier d'avance, pensa Pierrot, qui se voyait déjà, et sans enthousiasme, en train de balayer du crottin sur la piste de Mamar. D'ailleurs, il n'était pas obligé d'accepter ce qu'allait lui offrir Mounnezergues. En traversant le jardin, il était à peu près décidé à ne pas se laisser embringuer dans un cirque ambulant. En entrant dans la maison, il l'était tout à fait. Cette vie de remue-ménage loin d'Yvonne et de la porte d'Argenteuil ne lui disait vraiment rien.

Mounnezergues l'attendait debout au fond du couloir. Il le regardait en souriant. Pierrot fut surpris de constater comme il avait rajeuni en si peu de jours. Il avança en ôtant, poliment mais dignement, son feutre mou.

— Je cherchais du travail dans d'autres quartiers, lui dit-il, ça fait que je ne suis pas venu vous voir ces jours-ci.

Mounnezergues continuait de lui sourire, mais ne lui répondit pas. Pierrot s'arrêta, n'osant pas lui tendre la main, ce silence lui faisant présager une déclaration d'une nature tellement importante qu'elle excluait la vile banalité des saluts quotidiens, mais, comme il pensait bien que cette déclaration concernait son embrigadement, à lui Pierrot, dans le cirque Mamar, cirque ambulant, il jugea que ce serait de sa part faire preuve d'un tact extrême en montrant qu'il ne répugnerait point à suivre cet établissement dans ses pérégrinations, quoiqu'il fût profondément attaché à sa terre parisienne.

— L'autre jour, continua-t-il avec une timidité feinte qu'il estimait de la plus grande délicatesse, ce monsieur qui est votre ami vous a dit qu'il connaîtrait peut-être quelque chose pour moi... Je venais voir si... Enfin, à Paris, on ne trouve pas de travail en ce moment... Comme vous aviez eu l'air de vous intéresser à ma situation, je venais voir si,... si...

Mais Mounnezergues semblait bien décidé par son mutisme souriant à lui extraire une supplique entièrement énoncée. Pierrot accoucha donc :

— Je venais voir s'il n'y aurait pas du boulot pour moi au cirque Mamar.

— Ah! vous êtes là, dit une voix derrière lui. Je me demandais ce que vous étiez devenu.

C'était Mounnezergues. Pierrot se retourna et le vit.

— Celui-là, dit Mounnezergues en désignant le mannequin, je l'ai fabriqué il y a une dizaine d'années, pour m'amuser. Drôle d'amusement, me direz-vous. Mais entrez donc.

Pierrot entre, assez satisfait de s'être entretenu pendant au moins quelques instants avec une figure de cire.

— Qu'est-ce que vous allez prendre? demanda Mounnezergues. Un kirsch?

— Je veux bien, dit Pierrot.

Il y avait devant lui un grand portrait, pendu au mur

160

— Le prince Luigi, dit Mounnezergues en remplissant deux petits verres. C'est un agrandissement d'une photo parue dans les journaux de l'époque. Elle est ressemblante. C'est un artiste qui a fait ça. Une fois, j'ai eu l'idée de faire sa tête en cire. Je l'ai bien réussie. Je l'ai gardée peut-être trois mois, et puis ensuite je l'ai refondue, j'avais trouvé que c'était manquer de respect pour le prince. Mais il ne s'agit pas de tout ça. Il est bon, mon kirsch ?

— Oui, monsieur Mounnezergues.

— Monsieur Mounnezergues ? Pas de monsieur entre nous. Mais voilà de quoi il retourne, et pourquoi je suis content de vous voir. Je vous ai trouvé un petit travail, quelques jours seulement mais c'est toujours ça, et puis ça vous amusera, j'en suis sûr.

Quelques jours seulement, ça allait.

— Merci, dit Pierrot. Merci, monsieur Mounnezergues.

— Pas de monsieur, sacré nom d'une pipe ! s'écria Mounnezergues.

Pierrot était maintenant curieux de savoir ce que Mounnezergues pouvait bien juger «amusant», — au moins pour lui, Pierrot. Mais on sonna.

Mounnezergues se pencha par la fenêtre pour voir qui c'était.

— C'est Pradonet, dit-il à Pierrot.

— Bon, je m'en vais, dit Pierrot. Je reviendrai une autre fois.

— Mais non, mon garçon, restez donc, vous ne me dérangez pas.

Et il s'empressa d'aller ouvrir.

Pierrot se mit à son tour à la fenêtre. De ce rez-de-chaussée un peu surélevé, il pouvait voir non seulement la chapelle tranquille et encagée avec son square rectangulaire, mais encore le grand champ de charbons et de cendres qui représentait l'état actuel de l'Uni-Park. Tordues, cuites, recuites et menaçant le ciel, les poutrelles de l'Alpinic-Railway prétendaient seules à quelque tragique. Le reste n'avait l'air guère plus anéanti qu'à l'époque où ça fonctionnait sous le titre d'attractions, et demeurait presque aussi agréable à regarder, surtout si l'on y ajoutait le charme du jeu des identifications : ici était le manège Untel, et là se trouvait la huche de la cartomancienne. Pierrot cherchait l'emplacement du stand d'Yvonne lorsque Pradonet entra dans la pièce. Il se retourna.

— Entrez donc, disait Mounnezergues, et ne vous occupez pas de ce jeune homme. Nous pouvons causer devant lui. Un verre de kirsch ?

— Bien volontiers, dit Pradonet.

Après avoir examiné Pierrot qui lui avait fait un bonjour poli de la tête, il ajouta :

— Il me semble l'avoir rencontré quelque part, ce garçon. Et à Pierrot :

— Je ne vous ai déjà pas vu ailleurs, jeune homme ? Je suis Pradonet, le directeur de l'Uni-Park.

— J'y ai été employé, dit Pierrot. C'est peut-être là que vous m'avez vu.

— Peut-être, dit Pradonet.

Il examina encore une fois Pierrot, mais sans

162

arriver à se faire une opinion. Puis il se tourna vers Mounnezergues :

— J'ai à vous parler de choses sérieuses, Mounnezergues.

— Je vous écoute, dit Mounnezergues. Goûtez-moi ce kirsch.

— Ce jeune homme me dérange, dit Pradonet. Vous ne pouvez pas lui dire de s'en aller ?

— Je m'en vais, monsieur Mounnezergues, dit Pierrot.

— Mais non, reste donc, fiston, lui dit Mounnezergues qui ajouta pour Pradonet : Vous pouvez parler devant lui, c'est mon fils adoptif, je n'ai rien à lui cacher.

Cette déclaration stupéfia Pradonet. Il en resta silencieux quelques instants, se demandant si cela pouvait apporter quelque modification à leurs positions respectives.

— Véritablement adoptif ? demanda-t-il à Mounnezergues. Il hérite de vous ?

— Sans doute.

— Mais il n'y a pas seulement un an, vous m'aviez assuré que vous n'aviez pas d'héritiers.

— Eh bien, j'en ai un maintenant.

— Non, non, non, s'écria Pradonet. Je ne marche pas. Vous m'avez toujours fait lanterner à propos de ce terrain en m'assurant que vous n'aviez pas d'héritiers et maintenant en voilà un qui surgit de je ne sais où.

— Ça, dit Mounnezergues, c'est mon affaire. Ma vie privée ne vous regarde pas, n'est-ce pas ? Tout ce que je peux faire, c'est de vous conseiller de tenir compte dans vos projets de l'existence dudit héritier.

— Vous arrangez drôlement ça, dit Pradonet qui se mit à regarder Pierrot d'un air furibard.

Pierrot lui sourit d'un air aimable.

— À propos, dit Mounnezergues, et cet incendie ?

— Vous avez vu ça hein, dit Pradonet très fier, quelle catastrophe ! Tout a flambé. Il ne reste rien.

— C'est un sale coup pour vous, dit Mounnezergues.

— Plutôt, dit Pradonet. Surtout à un début de saison, c'est une calamité. Mais je suis assuré.

— L'assurance paiera ? demanda Mounnezergues.

— Pourquoi pas ? On enquête en ce moment. Mais peu m'importe le résultat. Je serai payé.

— Ça n'a pas l'air de vous intéresser beaucoup, pourquoi l'Uni-Park a brûlé, remarqua Mounnezergues.

— Là, Mounnezergues, vous vous trompez. J'y ai même beaucoup réfléchi.

— Et qu'est-ce que vous avez trouvé ?

— Rien, dit Pradonet. En tout cas, ce n'est pas moi, et l'assurance paiera, et avec cet argent et d'autre, je construirai un Uni-Park qui ne sera plus une foire, mais un monument, et c'est pour cela que je suis venu vous voir, Mounnezergues. Parce que pour que mon monument soit un vrai monument, il faut qu'il soit carré, et, pour qu'il soit carré, il me faut votre terrain,

Mounnezergues, et démolir la chapelle de votre prince.

— Non dit Mounnezergues.

— Écoutez-moi, Mounnezergues. Le futur Uni-Park aura sept étages, et des étages de six mètres de haut. À chaque étage, il y aura des attractions, des manèges, de tout. Et un Alpinic-Railway courra à travers tout l'établissement. Et sur la terrasse, il y aura une piscine, un dancing et une tour à parachute. Tout ça c'est bien peu de chose, faut que je vous dise, à côté de tout ce que je vais encore imaginer. Ce sera donc un truc unique, on viendra exprès à Paris pour voir ça, il n'y aura rien de comparable dans le monde entier, et à cause d'un prince poldève vous voudriez empêcher ce projet de se réaliser ? Et priver Paris de sa plus grande curiosité ? Non, Mounnezergues, vous n'allez pas faire ça. Pour moi, pour Paris, pour la France, je vous le demande en grâce.

— Des clous, dit Mounnezergues.

— Vous êtes un… dit Pradonet. Vous êtes un… dit Pradonet. Vous êtes un…, dit Pradonet, insensé. Oui, un insensé.

Il s'était levé et agitait ses grands bras au risque de casser des bibelots ou de décrocher le portrait du prince Luigi. Puis il se rassit, et but son kirsch.

— Pas mauvais, dit-il d'un air très calme. En tout cas, Mounnezergues, réfléchissez à ma proposition. Je vous en offre deux cent mille francs, moitié comptant, moitié dans six mois. D'accord ?

— Mais non, dit Mounnezergues.

Pradonet soupira.

Il regarda rêveusement son verre vide, puis se leva. Il serra la main de Mounnezergues en lui disant «on en recausera», et il serra aussi la main de Pierrot, distraitement.

Il s'en alla.

En attendant le retour de Mounnezergues qui était allé reconduire le visiteur, Pierrot regarda de nouveau le portrait du prince Luigi. C'était une belle œuvre d'art, bien ressemblante sans doute, les cheveux et les cils dessinés au poil, aussi bien qu'une photo. Quant au sujet lui-même, ç'avait dû être un beau garçon, avec quelque chose d'un peu rasta tout de même. À la réflexion, Pierrot ne le trouva pas spécialement sympathique, et ce n'est que lorsqu'il se souvint que ce pauvre jeune homme était mort dans la fleur de l'âge, et d'un stupide accident, qu'il lui pardonna ses rouflaquettes, ses yeux trop bistrés et sa gomina argentina, et qu'il voulut bien admettre que Mounnezergues gardât sa tombe avec cette parfaite quoique inexplicable fidélité.

— Pauvre garçon, hein? dit Mounnezergues revenu. Mourir comme ça : à la fleur de l'âge, quelle pitié! Vous vous demandez sans doute comment je peux être ainsi attaché à quelqu'un que je n'ai jamais connu qu'agonisant, au point de lui sacrifier une jolie somme d'argent — vous avez vu comme je l'ai rabroué le Pradonet, ma réponse était nette au moins! — eh bien, qu'est-ce que je vous disais?

166

— Vous étiez en train de vous imaginer que ça m'épatait de vous voir aussi dévoué à la cause du repos de l'âme des princes poldèves.

— Pourquoi « imaginer » ? Vous ne le pensiez pas ?

— Oh ! je ne suis pas indiscret, moi. C'est comme cette conversation avec Pradonet, si vous voulez que je ne l'aie jamais entendue, c'est fait. Je ne m'en souviens plus du tout, maintenant, si ça vous arrange.

Mounnezergues regarda Pierrot avec sérieux.

— Vous êtes encore un drôle de type, vous. Mais je veux en tout cas vous dire, que si vous aviez voulu que je réponde à la question que je m'imaginais que vous vouliez me poser, eh bien, je n'avais pas de réponse à vous donner. Voilà.

— D'ailleurs, je ne suis pas venu pour vous embêter, dit Pierrot.

— Vous êtes gentil, dit Mounnezergues distraitement.

Il réfléchissait.

— Ah ! s'écria-t-il. Et votre place ! Pradonet nous a interrompus. Ça vous intéresse ?

— Oh ! oui, sans doute, dit Pierrot. Mais en quoi ça consiste ?

— Je ne vous l'ai pas expliqué ?

— Ça durera que quelques jours, que vous m'avez dit.

— En effet. Voilà. D'abord : vous avez votre permis ?

— Naturellement, dit Pierrot.

— Je m'en doutais. Vous sauriez conduire une camionnette ?

— Je veux, dit Pierrot.

— Eh bien, voilà de quoi il s'agit. Je vous ai parlé de Psermis. Vous l'avez vu même. Je vous ai dit que c'était un montreur d'animaux savants. Il les achète à des dresseurs, principalement à Voussois, qui habite dans le Midi. Quelquefois les animaux ne conviennent pas. C'est ce qui est arrivé avec le dernier lot qu'il a envoyé. Vous aurez à reconduire ces bêtes à Voussois, et vous ramènerez un lot de nouveaux sujets pour Psermis. Mamar lui prête une camionnette. C'est elle que vous conduirez. Bref, on vous offre un petit voyage.

— Et je serai payé pour ça?

— Gentiment même. Mais ça ne vous emploiera qu'une huitaine de jours.

— C'est toujours ça, dit Pierrot, qui, sur ce, éprouva le sentiment appelé gratitude.

À ce moment-là, il ne pensait naturellement pas à l'héritage de Mounnezergues.

VII

Quelques jours plus tard, sur la R.N. X bis, Pierrot menait aussi bon train qu'elle le pouvait la camionnette du cirque Mamar. Parti de Paris vers les sept heures, il espérait arriver à Butanges pour le déjeuner. Maintenant hors de la banlieue, il respirait un bon air de vacances et de campagne, constamment perverti d'ailleurs par les multiples autos et camions aux moyennes supérieures à la sienne, et ils étaient nombreux. Cependant, il se sentait bien joyeux, il chantonnait «l'air est pur, la route est large» et «la soupe et le bœuf et les fayots». À côté de lui, Mésange, la casquette en arrière et bien emmitouflé dans une peau de chèvre, regardait attentivement le paysage, droit devant lui. De temps à autre, il se tournait vers Pierrot qui lui adressait alors son plus charmant sourire. À côté de Mésange, Pistolet, penché à la portière, examinait également avec application le paysage qui lui était proposé. À l'intérieur enfin, le calme étendait son silence, et, même aux passages à niveau ou aux cassis un peu trop bossus, Pierrot n'y entendait naître aucune protestation. Comme il savait à peine conduire, il n'était pas mécontent que sa camionnette ne fût qu'un tacot, ce qui lui permettait d'appuyer à fond sur l'accélérateur sans dépasser le quarante. Il se voyait constamment dépassé sans haine ni envie, et jubilait silencieusement de tout ce qui lui paraissait sympathique se présentant à sa vue : la route lorsqu'elle est bien droite, et la route lorsqu'elle serpente, les cantonniers et les boqueteaux, les petits villages bien calmes et, dans leurs pâturages, les vaches philosophiques ; sans compter Mésange et Pistolet qui lui plaisaient infiniment.

Vers les midi, il se trouvait encore fort loin de Butanges. Il s'arrêta dans la campagne pour, contre un arbre, aller pisser et, par la même occasion, réfléchir en regardant sa carte Taride. Il aurait évidemment du retard sur son horaire et décida de s'arrêter pour déjeuner à la prochaine localité qui se dénommait Saint-Mouézy-sur-Eon. Il y trouva devant la vieille halle une auberge qui lui parut convenable, et derrière un camion gigantesque il gara sa voiture. Il en examina le contenu : personne n'y avait souffert du voyage, mais tout le monde y avait faim. Pierrot consulta le petit papier que lui avait remis Psermis, distribua les pitances suivant les instructions reçues et n'oublia point de donner à boire. Pendant ce temps, mitocans et mocofans, gosses ou adultes, avaient découvert la présence de Mésange qui s'était installé au volant ; ils ne savaient trop qu'en penser, mais s'apprêtaient à rire.

Lorsqu'il eut fini de s'occuper de ses pécores, Pierrot entra dans le bistrot, et, après avoir salué la compagnie, s'enquit d'un repas possible. Mais oui, on pouvait le nourrir. Il retint une table et trois couverts, et alla chercher ses deux compagnons qui sautèrent gaiement à terre. La foule ne manifesta pas moins sa joie. Dans le café, il se fit un impérieux silence lorsqu'ils entrèrent, et, de les voir se mettre à table tous les trois, tout le monde s'ébaudit.

Pierrot s'installa devant son assiette avec une grande satisfaction : il avait bien faim. Mésange, après avoir jeté sa pelisse dans un coin, s'assit en face de lui et Pistolet s'empara de la troisième chaise, au bout de la table, entre eux deux. Les gens qui les regardaient, c'était (en dehors de la servante qui circulait à travers la salle et d'une mafflue matrone dont la graisse frémissait derrière le comptoir) le conducteur du camion gigantesque et un acolyte, un livreur d'un grand magasin, en uniforme, avec son chauffeur (Pierrot n'avait pas remarqué leur voiture), un cycliste qui ne s'était pas débarrassé des pinces de homard qui serraient le bas de son pantalon et un gros monsieur qui devait être du pays et qui avait l'air d'aller à la chasse. Tout ce monde-là regardait donc le trio sans mot dire. Pierrot faisait mine de ne pas s'apercevoir de leur attention soutenue.

La servante s'approcha de lui.

— C'est pour déjeuner ? demanda-t-elle d'une voix émue.

— Non, dit Pierrot, c'est pour dîner. Mais

aujourd'hui nous dînerons de bonne heure, c'est-à-dire maintenant.

Mésange parut apprécier la plaisanterie et lança du côté de la servante un coup d'œil à la fois lubrique et goguenard qui la confondit. Elle bégaya :

— Bien, monsieur.

Pierrot examina la carte et demanda :

— Il y a encore de tout ça ?

— Oui, monsieur.

— Alors, dit-il, hors-d'œuvre variés pour tout le monde. Ensuite, pour moi des tripes, pour monsieur (il désigna Mésange) un gigot flageolets.

— Ça te va ? lui demanda-t-il (Mésange donna quelques petits coups de poing sur la table en signe d'évidente approbation) — et pour lui (Pierrot désigna Pistolet), une bonne soupe avec des croûtons et des navets, double portion : il est végétarien. Pas vrai, vieux frère, demanda-t-il à Pistolet qui ne répondit pas, indifférent sans doute à ce genre de qualification.

La servante restait là, sans bouger, comme une idiote.

— Une bonne bouteille de rouge pour moi, ajouta Pierrot, et de l'eau pour ces messieurs.

La servante s'éloigna, éperdue. Elle alla du côté de la patronne.

Cependant, Pierrot se frottait les mains avec satisfaction, Mésange essuyait activement son assiette et Pistolet, ayant réussi à rapprocher de lui la salière, en absorbait le contenu à petits coups.

Bientôt la servante revint, porteuse d'un message. Qu'elle formula de la sorte :

— On va vous servir à déjeuner, dit-elle à Pierrot, mais la patronne elle a dit qu'elle laisserait jamais des bêtes manger dans de la vaisselle pour les gens.

— Gourde, va, dit Pierrot.

— Non, mais dites donc, qu'elle dit la bonne.

— Mais oui, gourde. Va dire à ta patronne qu'on bouffera ici tous les trois, avec le respect qui nous est dû, et dans de la vraie vaisselle, pas dans des auges, et puis suffit. Je paie.

Il se tapa sur la poitrine, dans la direction du portefeuille.

— C'est pas pour vous qu'elle dit ça, insista la serveuse, mais à cause d'eux. On attrape des maladies des bêtes, c'est sûr.

— Et toi, lui répliqua Pierrot à voix basse, de quel animal que tu l'as attrapée, ta vérole ?

Il lui pinça les fesses, et Mésange lui dénoua le ruban de son tablier, réinventant dans un éclair de génie cette plaisanterie d'un usage courant dans les caboulots à troufions.

— Allez, dit Pierrot, sers-nous rondement, et sans façon.

Elle s'éloigna de nouveau, mais cette fois-ci du côté de la cuisine où se démenait le patron. Mésange la regarda s'éclipser derrière la porte, puis, se retournant vers Pierrot, il lui tendit la main, sans doute pour le féliciter de l'énergie de ses propos et de la fermeté de sa riposte. Naturellement Pierrot la lui serra. Le reste de la salle demeurait silencieux, et presque immobile : l'étonnement se lisait en chaque trait de leur physionomie, et l'épatement jusqu'au bout de leur nez. Dehors, de jeunes badarans s'écrasaient contre les fenêtres. Mésange les ayant aperçus leur destina quelques grimaces; il eut tôt fait d'ailleurs de les mépriser. Il entreprit alors de déguster le pot de moutarde, mais la première cuillerée lui ayant paru démontrer que cette substance tirait son origine de la malice de quelque farceur, il voulut projeter le récipient à travers une glace où s'agitait une image qui semblait indiquer la présence d'un second Mésange. Pierrot le retint à temps. Mais l'autre, privé de son plaisir, le regarda d'un œil féroce : il était mauvais. Pierrot repéra aussitôt une carafe d'eau, bien décidé à écrabouiller la tête de Mésange si ce dernier réalisait les mauvaises intentions qu'il paraissait être en train de concevoir. Heureusement que la serveuse surgit de la cuisine avec le plateau de hors-d'œuvre; l'attention de Mésange fut détournée, sa mauvaise humeur se dissipa, Pierrot saliva joyeusement. Pistolet, durant ce temps, était resté bien calme.

— J'ai apporté des hors-d'œuvre pour tout le monde, dit la bonniche.

— C'est bien ce que je vous avais demandé, répliqua Pierrot qui se mit à servir ses deux compagnons, ne mettant cependant dans l'assiette de Pistolet que des substances végétales.

Mésange, maniant avec adresse fourchette et couteau, attaqua sa portion avec entrain, ce que fit également Pierrot. Pistolet, après avoir reniflé suspicieusement son assiette, jeta un coup d'œil circulaire sur l'assistance (ce qui ne laissa pas d'inquiéter quelque peu celle-ci), examina la bonne de la tête aux pieds d'un œil glauque et bistre ; enfin, il se décida. Et l'on entendit craquer le céleri rave et le radis rose sous des dents aussi puissantes que jaunâtres.

— Vous vous appelez comment ? demanda Pierrot à la fille qui demeurait là stupide à reluquer le trio.

— Mathurine, monsieur, répondit-elle.

— Eh bien, Mathurine, dit Pierrot, débarrasse le plancher on a envie d'être tranquille. Compris ? Quand on voudra la suite, on te sonnera.

— Bien, monsieur, dit-elle, et elle s'enfuit.

Les spectateurs prirent ça pour eux, aussi, et firent semblant d'avoir une attitude normale, dégagée. D'ailleurs les deux types du camion gigantesque, ayant terminé leur pousse-café, payèrent et s'en furent. Le gros monsieur qui avait l'air d'être du pays partit également. Deux personnages peu définis entrèrent et se partagèrent une chopine en discutant le coup, et sans paraître remarquer la table de Pierrot. Tout cela redonnait à cette salle toutes les apparences de quotidianité. Puis Mathurine apporta les tripes et le gigot flageolets et, pour Pistolet, une soupe et des navets. Plus tard, on tailla dans des fromages, et des fruits complétèrent le repas. Pierrot prit du café, mais non les deux autres. Mésange accepta cette privation de bon cœur, car il ne l'aimait pas ; l'interdiction du vin lui était plus dure, car il n'avait droit qu'à l'eau rougie. Pistolet, lui, ne montrait aucun signe de rouspétance.

Pierrot, tout en vidant sa bouteille de rouge, sentait son crépuscule intérieur traversé de temps à autre par des fulgurations philosophiques, telles que : «la vie vaut d'être vécue», ou bien : «l'existence a du bon»; et, sur un autre thème : «c'est marrant la vie», ou bien : «quelle drôle de chose que l'existence». Quelques fusées sentimentales (le souvenir d'Yvonne) montaient au plus haut pour retomber ensuite en pluies d'étincelles. Un projecteur poétique, enfin, balayait parfois ce ciel de son pinceau métaphorique, et Pierrot, voyant la scène qui se présentait à lui, se disait : «on se croirait au cinéma». Et il souriait à ses deux compagnons qui semblaient décidément le trouver de plus en plus sympathique. Après tout, ils ne se connaissaient que depuis le matin.

Au moment où Mathurine apportait le café, le patron sortit de sa cuisine, et, après avoir salué le cycliste et les deux livreurs (il les connaissait sans doute), il se dirigea d'un pas décidé vers les trois représentants du cirque Mamar.

— Alors, demanda-t-il à Pierrot, ça a été ?

— Pas mal, pas mal, dit Pierrot.

— Et… ces messieurs… ils sont contents ?

— Vous êtes contents ? leur demanda Pierrot.

Tous deux balancèrent la tête de haut en bas.

— Eh bien, tant mieux, dit l'aubergiste. Je

n'ai pas tous les jours l'honneur de soigner des clients de marque. Permettez-moi de vous offrir un verre de kirsch. Mathurine ! La bouteille de kirsch, celle que je me réserve, et deux verres.

— Ce sera difficile de ne pas en offrir à Mésange, dit Pierrot. Je préfère ne pas le contrarier.

— Trois verres, cria l'aubergiste.

— Pistolet, lui, est naturiste : ni viande, ni alcool.

L'aubergiste prit une chaise, et s'assit à côté de Pistolet qui lui inspirait plus confiance que Mésange qui l'observait en plissant les yeux.

— C'est à vous la camionnette qui est dehors ?

— Oui.

— Vous appartenez au cirque Mamar ?

— Oui.

Mathurine apporta le kirsch. On trinqua. Mésange ne trouva pas ça mauvais. L'aubergiste fit de nouveau remplir les verres.

— Où est-il donc en ce moment le cirque Mamar ? demanda l'aubergiste.

— À la porte de Chaillot, en face de l'Uni-Park. Qui a brûlé, les journaux en ont parlé.

— J'ai vu ça, dit l'aubergiste. Une catastrophe. Est-ce qu'il y a eu des maisons détruites aux alentours ?

— Non, il n'y a eu que les baraques et les attractions qui ont flambé.

— Vous connaissez le quartier ?

— Je veux, dit Pierrot.

Pistolet, que la conversation ennuyait, s'était

endormi. Mésange avait sorti un cigare de sa poche, l'avait allumé et fumait placidement.

— Vous voyez un petit café au coin de la rue des Larmes et de l'avenue de la Porte-d'Argenteuil ? demanda l'aubergiste.

— Non, répondit Pierrot. Il n'y en a pas.

— Il n'y en aurait plus alors ? dit l'aubergiste. Le café Posidon ? C'est mon nom.

— Non, dit Pierrot. Ça n'existe plus. C'est un garage maintenant.

— Je m'en doutais, dit l'aubergiste. Tout change vite sur cette terre. Rien ne dure. Tout ce qu'on a vu quand on est jeune, quand on est vieux ça a disparu. On ne se lave jamais deux fois les pieds dans la même flotte. Si on dit qu'il fait jour, quelques heures après il fait nuit, et, si on dit qu'il fait nuit, quelques heures après il fait jour. Rien ne tient, tout bouge. Ça ne vous fatigue pas à la fin ? Mais il est vrai que vous êtes trop jeune pour comprendre ça, encore que vous n'ayez qu'à faire la révision de vos souvenirs et vous sentirez bien vite tout foutre le camp autour de vous, ou avoir foutu le camp. Mais... c'est bien vrai que le café Posidon n'existe plus ?

— Comme je vous le dis. C'est marrant, ça, si vous avez habité le coin. C'est une rencontre ! Moi, je le connais très bien, le coin.

— J'ai tenu un bistrot par là pendant vingt ans. Je l'ai lâché il y a cinq ou six ans.

— Alors vous devez connaître la chapelle ! s'exclama Pierrot.

— Quelle chapelle ? demanda Posidon.

— Mais la chapelle poldève, dans la rue des Larmes, derrière l'Uni-Park.

— Je ne vois pas ça, dit Posidon.

— Il y a un petit square autour.

— Je ne vois pas.

— Ça ne fait rien, dit Pierrot.

— Vous êtes sûr qu'il y a une chapelle dans cette rue ?

— Ça ne fait rien, dit Pierrot.

Il demanda l'addition et paya. Tandis que Mathurine s'éloignait en emportant son pourboire, Mésange lui dénoua une seconde fois le ruban de son tablier.

— C'est tout de même un drôle de hasard, dit Pierrot, que vous ayez habité de ce côté-là.

— Mais c'est étrange, cette chapelle, je ne vois pas...

Pierrot lui serra la main et réveilla Pistolet qui saute à bas de sa chaise.

Mésange était allé chercher sa pelisse.

— B'soir m'sieurs dames, dit Pierrot.

Ils s'en allèrent tous les trois, et la camionnette reprit bientôt la route de Butanges qu'elle traversa vers les quatre heures de l'après-midi. À cinq heures, elle entra dans la forêt de Scribe, dont elle sortit à six heures. À sept, on fut dans Antony, grosse cité industrielle. Pierrot décida de continuer son chemin et de passer la nuit à Saint-Flers-sur-Caillavet. Il s'arrêta devant un certain hôtel du Cheval blanc, qui lui parut correspondre à sa situation sociale. Après avoir casé sa voiture dans le garage et y avoir inspecté sa cargaison, qui lui parut en bonne condition et supporter convenablement les fatigues du voyage, il se mit à la recherche de l'hôtelier qui se trouve être une grande femme maigre, plus que maigre, qui faisait sa caisse derrière un comptoir aux deux tiers vitré. À la demande par Pierrot d'une chambre à deux lits, la dame, entendant une agitation dans les régions inférieures, se dressa sur son siège et se pencha hors de son aquarium. Elle aperçut Mésange et Pistolet. Elle ne s'en étonna point. Mésange la salua d'un coup de chapeau plein de dignité. Pistolet la regarda plein d'indifférence de son œil bistre et glauque.

— Et lui? demanda-t-elle en le montrant d'un doigt mince et noueux.

— Pour lui, répondit Pierrot, j'aimerais avoir un matelas.

— Il est propre?

— Autant que vous et moi, répondit Pierrot.

Elle eut un rire squelettique, assez difficile à interpréter.

— Oh! vous savez, dit-elle, à mon âge, on ne m'épate plus.

— C'est pas dans mes intentions, dit Pierrot. D'ailleurs, ajouta-t-il, quel âge?

— Farceur, rétorqua-t-elle.

Elle appuya sur un timbre. Une domestique s'amena; elle poussa un petit cri en voyant les trois compagnons.

— Le 43 pour ces messieurs, lui dit sa patronne, avec un matelas en supplément.

À Pierrot elle demanda :

— Vous dînez ici?

— Je veux, répondit Pierrot. J'ai une de ces dents. Et mes copains aussi... Pas vrai les gars ?

À la perspective de boustifaille, Mésange réagit joyeusement en s'asseyant d'un mouvement souple et élégant sur le bureau. Il entreprit aussitôt d'approfondir la nature de certain encrier en y fourrant ses doigts. Pistolet s'était installé sur le derrière et attendait patiemment repas et matelas ; il faisait à Pierrot une absolue confiance.

Sans s'émouvoir, la dame tendit à Mésange une feuille de papier buvard, pour que, avec, il s'essuyât les mains. Ce qu'il fit, très compréhensif.

— Non, dit la dame reprenant la conversation à un stade antérieur, ce n'est pas à un vieux singe comme moi qu'on apprend à faire des grimaces. Songez donc, monsieur, que, pendant les trois ans de son existence, j'ai été caissière de l'Admirable's Gallery à l'Uni-Park de Paris.

Décidément, se dit Pierrot, on a fait exprès d'en semer la route, des gens qui ont vécu dans ce coinstot.

— Ça n'existe plus, dit-il.

— Je sais. Hélas, quand on arrive à un certain âge, il ne reste plus grand-chose de ce qu'on a connu dans sa jeunesse.

Décidément, se dit Pierrot, ils sont tous comme ça.

— Vous êtes trop jeune pour avoir visité l'Admirable's Gallery, continua la dame. En dehors de banalités comme la femme à barbe et l'homme-squelette...

— Je l'ai rencontré celui-là, interrompit Pierrot.

— Lequel ? Celui du cirque Mamar ?

— Oui.

— Je ne pouvais pas le sentir. Il était d'un prétentieux. La dernière fois que le cirque Mamar est venu dans la région, il est venu me dire un petit bonjour, Pautrot, c'est son nom. Je l'ai revu sans plaisir. Entre nous, il avait le béguin pour moi, il était même bien pincé. Mais moi, je n'ai jamais pu le souffrir. Les antipathies, ça ne s'explique pas, vous ne trouvez pas ?

— Sûrement, dit Pierrot qui s'enquit aussitôt de l'emplacement de la salle de restaurant.

Mésange s'impatientait et commençait à dévorer le papier buvard gracieusement offert par la direction.

La patronne les laissa s'en aller. Et ils pénétrèrent dans une pièce où se trouvaient une douzaine de tables garnies de nappes, de fleurs et d'objets en ruolz. « Ça va me coûter cher, se dit Pierrot. Puis : tant pis, j'avais pourtant choisi le plus modeste, ce sera ça de moins sur mon bénéfice. » Mésange, lui, était manifestement impressionné par ce luxe. Mais non Pistolet : il aurait agi avec le même naturel au Ritz que dans une guinguette.

Il n'y avait dans la salle qu'un sous-officier de spahis, dont le brillant uniforme intrigua vivement Mésange ; ce sous-officier était en compagnie d'une mouquère fardée. Tout au fond, un monsieur seul montrait un cou épais et un dos massif ; il ne daigna point se retourner. Quant au militaire et à sa poule, trop absorbés l'un par l'autre, ils ne s'intéressèrent que peu de temps aux nouveaux arrivants. Le garçon, lui, prit un air dégoûté ; cependant, il fit son service avec abnégation. Pierrot lui lâcha un gros pourboire, le repas terminé.

Le soldat et sa conquête étaient partis. Pistolet somnolait. Mésange fumait son cigare vespéral avec quelque nervosité ; il était temps pour lui d'aller se reposer. Pierrot terminait une cigarette, en se demandant vaguement comment allait se passer la nuit avec ces deux lascars-là dans la même chambre que lui. En même temps, il s'étonnait que le monsieur du fond, qui payait son addition lorsqu'ils arrivaient, s'attardât ainsi sans cependant manifester de la curiosité. Poursuivant dans ce sens ses investigations, il s'aperçut qu'une certaine glace avait dû renseigner ce personnage sur son identité à lui, Pierrot ; il compléta ces remarques par un examen approfondi de la face dorsale de cet individu. Le résultat de toutes ces cogitations fut que : il connaissait ce type-là.

Il fit alors à Mésange une série de signes, de l'œil et de la main. L'autre comprit admirablement (mais que ne peut-on expliquer par gestes ? quel luxe superfétatoire que l'emploi des cordes vocales ! — à de telles hauteurs s'éleva lors la pensée de Pierrot). Mésange posa délicatement son cigare dans la soucoupe qu'il utilisait comme cendrier, descendit de sa chaise, et, d'un pas souple et balancé, il se dirigea vers le solitaire du fond.

Il s'approcha silencieusement de lui.

Il saisit un des pieds de la chaise du monsieur, et d'une poigne puissante la tira vers lui. Un peu comme ces garçons de café qui, d'une secousse brusque, enlèvent une nappe en laissant la table servie. Le monsieur resta pendant quelques fragments de seconde suspendu en l'air. Puis il chut. Il se releva en jurant tandis que Mésange revenait flegmatiquement à sa place. Son cigare n'avait pas eu le temps de s'éteindre. Il le reprit, et savoura une bonne bouffée.

— Alors, dit Pierrot, on ne reconnaît plus les copains ?

Petit-Pouce montra enfin son visage.

— Tu en as de ces farces idiotes, dit-il à Pierrot.

— C'est à toi que je cause, ajouta-t-il aussitôt en s'adressant à Pierrot.

C'était par prudence qu'il avait spécifié l'intentionnalité de sa phrase : parce que Mésange l'avait regardé en fronçant les sourcils.

— Tu te cachais de moi ? demanda Pierrot.

— Je ne t'avais pas vu, dit Petit-Pouce décidé maintenant à prendre la chose à la blague. On peut s'asseoir sans danger à ta table ?

— Ce sont de braves petits potes, dit Pierrot qui fit les présentations : Pistolet... Petit-Pouce... Mésange... Petit-Pouce...

— Alors qu'est-ce que tu deviens ? demanda Petit-Pouce.

— On gagne sa petite vie, dit Pierrot. Et toi ?

— On se défend, répondit Petit-Pouce. À

propos, dis donc, il paraît que l'Uni-Park a flambé?

— Oui. N'en reste plus rien. Mais c'était déjà fini pour toi comme pour moi.

— Tu n'as pas été long à retrouver du boulot. Un drôle de boulot, qu'on dirait.

— Y a pas de sot métier, dit Pierrot.

— En quoi ça consiste au juste?

Pierrot se demanda un instant ce qu'il fallait lui répondre; mais l'autre s'empressa:

— Je vois, je vois... Mais je ne te connaissais pas ce talent-là...

— On fait ce qu'on peut, répondit modestement Pierrot. Et toi? Tu ne me dis rien.

Petit-Pouce se pencha vers lui et murmura:

— Je fais une enquête.

Mésange s'est également penché pour mieux entendre.

— Te voilà dans la secrète? demanda Pierrot.

— Non. Non. Police privée.

Mésange se rejeta en arrière, écrasa dans une soucoupe la braise de son mégot de cigare, qu'il dévora incontinent tout en surveillant Petit-Pouce d'un œil sévère. Pistolet, que le chuchotement de Petit-Pouce avait également sans doute indisposé, se gratta le menton contre un coin de table, puis se mit à circuler dans la pièce, silencieusement.

— Naturellement, dit Pierrot, tu ne peux pas me dire ce que c'est que ton enquête.

— Naturellement, acquiesça Petit-Pouce. Tu comprends, c'est confidentiel.

— Il s'agit de gens que je connais?

— Non.

— Je connais des gens qui les connaissent?

— Oui. Moi, par exemple.

Cela les fit rire. Le garçon, agacé de les voir demeurer si longtemps après avoir payé leur addition, les pria de passer dans la salle de café. Ils se levèrent.

— Je les emmène se coucher, dit Pierrot à Petit-Pouce, et je te rejoins. On boira une chopine ensemble.

— C'est ça, dit Petit-Pouce.

Pierrot monta dans la chambre qui leur était réservée, et s'étonna de voir le matelas promis. Pistolet comprit aussitôt qu'il lui était destiné, et s'y lova incontinent. Ne dit point bonsoir. Ferme l'œil et s'endort. Mais le coucher de Mésange présenta quelques difficultés; après s'être déshabillé, Mésange essaya un lit, puis le second, revint au premier, bondissait d'un plumard à l'autre. Pierrot, sans être un grand raffiné, répugnait cependant à se coucher dans les mêmes draps que cet énergumène, aussi songea-t-il à lui donner de la trique; réflexion faite, il se décida pour la fuite, et s'en alla brusquement en éteignant derrière lui. Il ferma la porte à clef.

En bas, la salle de café était déserte. Presque, la patronne fabricotait quelque chose derrière la caisse.

— Pardon, madame, dit Pierrot à cette personne, vous n'avez pas vu le monsieur seul qui dînait tout à l'heure au restaurant : un monsieur pas très grand et assez fort...

— Je vois. Non, il est parti.

— Il ne couche pas ici?

— Non, monsieur. Vous vouliez lui parler?

— Oui. Il devait m'attendre. C'est un copain.
Je me demande pourquoi il ne m'a pas attendu.

— C'est un lâcheur, comme on dit.

— On a travaillé ensemble à l'Uni-Park.

Alors la dame voulut bien montrer quelque
animation. Elle s'enquit des dates d'entrée; elle
ne pouvait avoir connu Pierrot bien qu'il se
vieillît outrageusement dans le service; quant à
Petit-Pouce, dont il estime approximativement
l'ancienneté, elle ne se souvient pas de lui.

— Je l'aurais reconnu, dit-elle. J'ai l'œil américain.

— Il est dans la police maintenant, dit Pierrot.

Et tout d'un coup, il s'aperçoit qu'il y a peut-
être un rapport entre la mission de Petit-Pouce
et l'existence de cette dame. Mais elle ne semble
pas s'émouvoir.

— Je sais, dit-elle avec calme. Il m'a tout
raconté. Il est à la recherche d'une fille pour
laquelle s'est tué le premier amant de la maîtresse de Pradonet. Quelle histoire! C'est la
veuve Prouillot qui l'a chargé de cette enquête.
Mais il n'a rien trouvé. À son avis même, elle
n'a jamais existé, cette femme. Moi, je ne lui
demandais rien.

— Non? fit Pierrot.

— Non. Vous la connaissez vous, la veuve
Prouillot?

— Pas spécialement.

— Drôle de bonne femme. Je me demande ce qu'elle peut penser de l'incendie de l'Uni-Park. Et Pradonet ? Qu'est-ce qu'il peut bien dire !

— Il a des projets.

— Qui vous l'a dit ?

— Lui.

— Lui ?

La dame était bien étonnée : Pierrot la snobait.

Il lui expliqua le plan de Pradonet.

— Mais, conclut-il, la chapelle poldève l'empêche d'arrondir son carré.

— Qu'est-ce que c'est que ça, la chapelle poldève ? demanda distraitement l'ex-caissière de l'Admirable's Gallery.

Il lui donna des indications topographiques, mais elle ne se souvenait pas du tout d'avoir jamais vu ce truc-là. Ce qui l'intéressait, c'était Pradonet.

— Au fond, dit-elle, c'est peut-être lui qui a fichu le feu à la cambuse.

— Il y a une enquête, dit Pierrot. Vous l'avez bien connu, Pradonet ?

— Vous me demandez cela ? à moi ? Un homme charmant, délicat ! fin, spirituel ! modeste.

— Capable de provoquer un incendie ? demanda Pierrot.

— Quand on a ses raisons, on peut tout faire, dit l'hôtesse qui se leva, ferma sa caisse, éteignit les lumières.

— Bonsoir, madame.

Il monta dans sa chambre, assez déçu par la fin brusquée de cette conversation. Arrivé à son étage, le second, il avait d'ailleurs réussi à se persuader que la psychologie de Pradonet, c'était pas ses oignons, non plus que celle de son hôtesse. Il ouvrit la porte de sa chambre et fut aussitôt offusqué par la poignante fragrance de fauve qui s'étalait en nappes épaisses dans l'atmosphère de la pièce, une pathétique odeur de colique rentrée. Mésange avait fermé la fenêtre, sans doute pour échapper à la tentation d'aller se promener sur les toits. Il dormait paisiblement, ainsi que Pistolet. Un lit vide, mais légèrement chiffonné par Mésange, attendait Pierrot. Celui-ci trébucha jusqu'à la fenêtre qu'il ouvrit doucement. Un air pur l'exalta. La petite ville roupillait éperdument, sous un semis d'étoiles. Le train classique lança son cri connu.

Pierrot comprit qu'il ne pourrait passer la nuit là. Mais sa fatigue était grande, il imagina de se reposer quelque temps sur un des bancs du square qui entourait l'hôtel de ville. Il referma la fenêtre et descendit. Pour sortir, il dut aller alerter un veilleur de nuit, qui le regarda bien méchamment.

Dehors, il constata que la température était douce et qu'il ne serait pas tellement gênant de dormir en plein air. Il essaya de s'orienter ; mais un poteau indicateur lui indiquant la direction de la gare, il suivit ce conseil, abandonnant au moins provisoirement son intention première ; il pensait que, par là, il trouverait quelque café ou buffet ouvert où il pourrait boire un liquide quelconque qui lui désinfecterait les narines ; il se dit encore que, si Petit-Pouce évitait toute rencontre avec lui, peut-être allait-il prendre un train de nuit ; auquel cas, il aurait des chances, lui Pierrot, de le rejoindre. Ce n'était pas qu'il s'intéressât particulièrement aux faits et gestes de ce personnage ; mais il pourrait toujours lui parler, pour voir, de cette patronne d'hôtel qui avait travaillé à l'Uni-Park, et qui était peut-être la cause de la présence de Petit-Pouce ici.

Mais, devant la gare, tout était aussi noir et chargé de silence que dans le reste de la ville ; Pierrot traversa la place ; un employé lui dit que l'express pour Paris était passé depuis vingt minutes et qu'il n'y avait plus de départ de train avant l'aube. Dans les salles d'attente, ne se trouvait qu'un groupe de Kabyles, et pas de Petit-Pouce. Le cheminot indiqua la route qu'il fallait prendre pour retrouver l'hôtel de ville.

Ce silence, cette nuit, ces rues étroites, tout disposait Pierrot à ne penser à rien de précis, par exemple à de vagues supputations sur l'heure qu'il finirait bien par être dans quelque temps. Il regardait à droite, à gauche, comme pour accrocher quelque part ses petites curiosités, mais ne trouvait rien — tout au plus les enseignes, et qui ne valaient pas les billes de l'avenue de Chaillot. Il songea un instant, souvenir de la vie militaire, à visiter le bobinard de cette sous-préfecture, mais il ne rencontrait personne pour le renseigner. Finalement il se perdit. Il traversait maintenant une petite banlieue ouvrière, avec des manufactures ici et là. L'une d'elles était éclairée, il y ronronnait des machines. Plus loin, Pierrot atteignit une route assez large, avec un double liséré d'arbres, peut-être nationale ? peut-être départementale ? Il marche encore quelques instants.

Il entendit tout près de lui un grand cri, un cri de femme, un cri de peur.

Il envisagea tout d'abord, comme première possibilité immédiatement réalisable, de cavaler à toute pompe dans une direction opposée. Mais ayant réfléchi à l'origine féminine de cette clameur, il reprit courage et regarda. Il y avait des tas d'étoiles dans le ciel, mais l'ensemble ne donnait pas beaucoup de lumière. Pierrot s'approcha du fossé. La femme de nouveau hurla de terreur. Il fit de nouveau quelques pas ; et l'aperçut. Mieux même, il distingua un vélo non loin de là.

«Faut pas avoir peur», ce fut ce qu'il commença par dire. On ne répondit pas. Il répéta sa phrase. Convaincue sans doute par la douceur de sa voix, la femme sortit du fossé.

Elle s'avança en disant :

— C'est idiot, mais j'ai eu une de ces trouilles. Ça fait deux heures que je suis là, à mourir de peur.

Pierrot entendait la voix d'Yvonne. Elle était maintenant tout près de lui. Un rayon, venu, fatigué par une course millénaire, d'une étoile de première grandeur, éclaira péniblement le bout du nez de cette jeune personne. C'était bien elle : Yvonne.

— Ne craignez plus rien, mademoiselle Pradonet, dit-il solennellement.

— Ça alors…, dit-elle émerveillée.

Elle l'examina.

— Il me semble que je vous reconnais, dit-elle sans conviction.

— J'ai travaillé à l'Uni-Park, dit-il. On s'est même vu plusieurs fois, vous et moi.

— Alors, on n'a pas besoin de faire connaissance, dit Yvonne. Mais sortez-moi de là.

— C'est à vous, la bécane ?

— Oui. Mais je suis à plat. Et puis je suis perdue.

— Moi aussi, dit Pierrot.

— Ça ne va pas mieux, dit Yvonne. Décidément, c'est la poisse. Alors, comme ça, vous êtes perdu ?

— Oui.

Tout en allant chercher le biclo dans le fossé, il ajouta même que ça ne le gênait pas autrement.

— Au fait, dit Yvonne, vous êtes un copain de Gontran.

— Gontran ?

— Vous ne connaissez pas Paradis ?

— Ah ! il s'appelle Gontran. Première nouvelle. On en apprend tous les jours.

— Eh bien, c'est un fameux crétin, dit Yvonne.

— Non ? Pourquoi ?

Il inspectait le métallique coursier de la fille

192

Pradonet, mais il n'y avait pas grand-chose à en tirer. Il remarqua que le porte-bagages était copieusement chargé.

— Vous alliez faire du camping avec lui? demanda Pierrot.

— Toutes mes félicitations, dit-elle avec chaleur, vous n'êtes pas bête.

— On fait ce qu'on peut, dit rapidement Pierrot.

— Oui, c'est ça, on était parti pour faire du camping ensemble. À mes parents, j'ai dit qu'on était toute une bande. On n'avait plus besoin de moi, là-bas. Vous avez su que l'Uni-Park a été incendié?

— Oui.

— J'avais droit à des vacances, par conséquent. Je suis donc partie avant-hier avec Gontran... Mais... ça vous intéresse mon histoire?

— Bien sûr, dit Pierrot.

— On a couché à Saint-Mouézy-sur-Eon, continua-t-elle, mais pas sous la tente. On était trop vannés pour la monter, surtout que je ne sais pas comment on s'y prend. Il faut que j'apprenne. Vous en avez déjà fait, du camping, vous?

— Au régiment.

— Ne dites pas de bêtises. Donc, on a couché dans un hôtel du patelin.

Pierrot n'eut pas envie de demander de détails.

— Ce matin, continua Yvonne, on était d'attaque tous les deux, on est partis à six heures, on a grimpé la côte de Butanges d'un de ces coups de pédale, tout allait rondement. Ce n'est pas que j'aime le sport, la bicyclette et cætera, mais tout de même l'air pur, ça a son charme, vous ne trouvez pas?

— Oui, dit Pierrot.

— À part ça on ne va pas rester ici toute la nuit à bavarder?

— Non, dit Pierrot.

Il suggéra le projet de retrouver son hôtel, chercha la Grande Ourse parmi le chaos stellaire afin de trouver le nord, finalement engagea Yvonne à le suivre « par là », sans savoir très bien où. Elle pensa qu'il était moins perdu qu'il ne le voulait dire, et se mit à marcher près de lui. Il mit la bécane sur son épaule, et Yvonne, une partie des bagages sur son dos.

— Où j'en étais de mon histoire? demanda Yvonne après quelques pas en silence.

— Vous veniez de monter la côte de Butanges.

— Là, on a quitté la grande route, Gontran voulait traverser la forêt de Palengrenon. Mais au fond vous vous en fichez de mon histoire.

— Moi? Pas du tout.

— Si, si, mais vous pouvez dire que votre Gontran est un beau salaud.

— Qu'est-ce qu'il a fait?

— Mais non, ça ne vous intéresse pas. Dites-moi, vous, ce que vous fabriquiez sur cette route à cette heure-là?

— Je me promenais, et je me suis perdu.

— C'est comme moi, dit Yvonne.

— Où est Paradis? demanda Pierrot.

— Je n'en sais rien, et je ne veux pas le savoir.

— Qu'est-ce que vous allez faire maintenant?

— Je fais réparer ma bécane et je continue toute seule.

— Vous ne voulez pas venir avec moi à Palinsac, je vous emmène dans ma voiture.

— Vous avez une bagnole?

De joie, elle rayonna tant qu'on eût dit une nouvelle étoile.

— Ce n'est qu'une camionnette, mais ça roule tout de même, dit Pierrot.

Et il se mit à lui raconter des histoires de bêtes.

VIII

Les journaux parisiens du soir n'arrivaient guère à Palinsac avant les vingt heures trente, quelquefois à vingt et une heures. On se précipitait alors chez Paul le libraire-papetier, les sportifs surtout. Puis quelques habitants de la ville, un à un, venaient acheter l'in-folio qui les conduirait au sommeil.

L'un des clients habituels de Paul ne passait jamais avant les neuf heures du soir, au moment où la boutique allait fermer. Il prenait son journal, confiait ses sous à l'écuelle qui recueillait le produit de l'honnêteté de la clientèle, puis, quelquefois seulement, le dépliait, ce journal, et alors, s'il lui chantait, le commentait, avec une certaine compétence et non sans originalité.

Paul l'écoutait avec le même recueillement que les réflexions de ses autres habitués ; il aurait pu, en comparant ces divers propos et ces variables appréciations, espérer parvenir, grâce à une saine méthode critique, à une évaluation objective des événements. Mais il s'en foutait. Un point, c'est tout. Sa vie en était bien simplifiée.

Le client jeta un premier coup d'œil sur son canard et s'exclama :

— Foutaises, ami Paul ! Foutaises que tout cela ! La politique, les guerres, les sports : aucun intérêt. Ce qui me botte, moi, c'est le fait divers et les procès. La grosse bête Société : connais pas. Les individus, comment ils se comportent, ça, ça me dit quelque chose. Le reste : calembredaines, nuages, fumées. La preuve : dès qu'on est plus d'un seul à discuter, on déconne. Il faut être deux pour commettre un assassinat, et dès qu'il y a un troisième dans un couple : c'est le cocuage. L'erreur, le crime et l'adultère : voilà tout ce qui rend les hommes intéressants. Sur une grande échelle, ça devient moche ; à hauteur d'individu, c'est distrayant.

Il y eut un silence, parce que Paul jugeait ces propos vaguement incohérents. Cependant, ils ne le déconcertaient pas, parce que non inédits.

— Et chez vous, demanda-t-il tranquillement, ça va bien ?

— Pas mal, merci. Toujours les petits ennuis du métier. J'ai deux magnifiques aras qui viennent de claquer ; et ils commençaient à monter parfaitement à bicyclette. Je songeais à leur fabriquer un petit tandem, mais les voilà morts. Adieu. Empaillés, j'en tirerai toujours quelques francs. Milou, un de mes singes, a la diarrhée ; il va crever aussi. Il était pourtant sympathique. Un bon copain. Enfin…

— Et qu'est-ce qu'il dit le journal ? demanda Paul.

— Il ne parle pas de tout ça. Mais là…

tenez… il y a trois colonnes pour une guerre… à côté, deux pour un changement de ministère… une pour un match de boxe… une pour une élection à l'Académie… Tout ça, c'est du collectif, du galeux, de l'épidémique. Je vous le répète, ami Paul, pour être aussi intéressant qu'un animal, il faut que l'homme soit seul, ou, à la rigueur, moins de trois — vous connaissez la bête à deux dos, ami Paul? Très singulier, ami Paul, très singulier. Et il est regrettable qu'il n'y en ait pas d'empaillées dans les muséums. Elle a des mœurs bien étranges, et qui n'ont rien à voir au fond avec l'urbanisme, l'hygiène, la philanthropie et la civilité puérile et honnête. Vroutt! vroutt! la marrante symbiose!

— Ah! monsieur Voussois, dit Paul, vous êtes un drôle de zigoto.

Il répercutait son propre rire. Il n'en finissait plus.

— J'aime mieux faire rire que pleurer, dit Voussois. Je ne suis pas méchant bougre, dans le fond.

— Sacré monsieur Voussois. Et les faits divers qu'est-ce qu'ils disent?

— Attendez voir… Qu'est-ce que je disais? Écoutez-moi ça: «IL MORDAIT SES LAPINS PAR EXCÈS D'AMOUR.» Qu'est-ce que vous en pensez? C'est un type qui avait un clapier, et la S.P.D.A. le poursuit, parce qu'il aimait tellement ses lapins, qu'il les lançait en l'air et les rattrapait avec les dents. Hein? N'est-ce pas formidable? Ça jette autrement de lumière sur la façon dont sont fabriqués les hommes que

198

dix-huit guerres et trente-six traités de paix?
Pas vrai, ami Paul?

— C'est jamais moi qui vous contredirais,
dit Paul.

— Ah! et voilà encore autre chose qui me
passionne :

«L'ENQUÊTE SUR LES CAUSES DE L'INCEN-
DIE DE L'UNI-PARK.»

— J'y suis allé une fois, à l'Uni-Park, dit
Paul, après le mariage de ma cousine Muche.
On avait tous des chapeaux en papier sur la
tête et des mirlitons, et on est allé dans toutes
les attractions. Pour rire, on a ri, c'est certain.
Je peux même affirmer que c'était de la rigolade, et, tenez, monsieur Voussois, il y a une
chose curieuse, c'est au Palace de la Rigolade (c'est le cas de le dire), c'est au Palace de
la Rigolade surtout que je me suis instruit...
sur les Parisiennes... Oh! là... là... quand j'y
pense...

— Permettez-moi de vous faire observer
quelque chose, dit Voussois.

— Je vous permets.

— Que je trouve tous ces trucs-là idiots, obs-
cènes, vulgaires et malséants. Ils ne font appel
qu'aux plus bas instincts de l'homme : la mystification, le libertinage, la brimade et le chari-
vari. Ils ne méritent que la réprobation des gens
sérieux, des travailleurs et des artistes. Enfin,
j'ai été bien satisfait d'apprendre que toute cette
saloperie avait grillé.

— Vous me l'avez déjà dit.

— En lisant le journal, j'entendais crépiter

les charpentes ignifugées et je voyais flamber celles qui ne l'étaient pas. Joyeux spectacle!

— Et l'on a trouvé le coupable?

— On ne le trouvera jamais. L'enquête conclut à une cause accidentelle.

— Tant mieux, dit Paul. Ça fait un criminel de moins.

— Mais ce n'était pas un crime de brûler l'Uni-Park!

— Monsieur Voussois, monsieur Voussois, c'est vous qu'on accuserait si vous aviez été à Paris ce jour-là.

— Mais il est bien établi que je me trouvais ici?

— Je plaisantais, dit Paul le marchand de journaux.

Après un petit silence, Voussois reprit :

— Non, ce n'était pas un crime de brûler l'Uni-Park!

Il replia son journal et le mit dans sa poche.

— Bonsoir, ami Paul. Vous voyez comme c'est intéressant, les faits divers.

— Surtout quand ils ont lieu l'été.

Paul aimait rire.

Voussois habitait un peu en dehors de la ville, on ne le voyait guère. Il vivait au milieu de ses bêtes. Son domaine était entouré de hauts murs, l'on ne savait rien de ce qui s'y passait et l'on voyait rarement les animaux que l'on y menait ou qui en sortaient. On entendait seulement leurs cris, variés. Mais tout ceci était discret au point que les touristes en quête de curiosités, on ne leur en parlait même pas, dans le pays. Ça ne se visitait pas. Le maire, un homme qui avait de l'allant, rêvait de faire de l'Institut de Dressage un but d'excursion; à la gare, des singes eussent poinçonné les tickets, des éléphants transporté les bagages, des chameaux véhiculé les voyageurs. Dans les salles de restaurant des porcs-épics proposaient leurs cure-dents, et les kangourous portaient les dépêches dans leur poche ventrale (ou marsupium). Mais ce n'était là qu'un rêve, dont le maire n'aurait pas osé parler à ce M. Voussois, homme pas commode avec ses idées à lui.

Du fond du jardin, Voussois aperçut de la lumière dans sa salle à manger; quelqu'un l'attendait. Comme il croyait savoir quelle était cette personne, il prit le temps de dire bonsoir à ses bêtes, caressant des mufles, tapotant des échines ou des flancs, distribuant des friandises. Milou tremblait de fièvre sous ses couvertures; sa cage sentait particulièrement mauvais, à cause de ses foirades; il tendit à Voussois une petite main bien dessinée, maintenant molle et abandonnée. Voussois lui dit tout doucement des paroles encourageantes, mais il savait bien que la bestiole crèverait. Milou ferma les yeux, et ramena sa main vers lui.

Dans la salle à manger, l'homme qui l'attendait s'était fait servir les restes du dîner et boulottait voracement. Il agita son couteau où pendait un filament de bidoche : c'était pour dire bonjour. Voussois s'assit en face de lui et se servit un verre de vin.

— Alors, demanda-t-il, tu as vu les dégâts ?

— Oui, répondit l'autre en éparpillant avec sa bouche des miettes de veau froid. Reste rien.

— Pourquoi ne m'as-tu pas écrit?

— M'embêtait.

— Et le tombeau?

— Intact.

— C'est vrai? Il ne reste rien de l'Uni-Park, et le tombeau est sain et sauf?

— Exact. J'ai vu.

Voussois se frotta les mains et jubilait. Il attendait que le visiteur eût fini de s'entonner de la mangeaille pour lui demander :

— Raconte-moi ça.

— Eh bien, figure-toi tout par terre, mais noirci, tordu, fondu. La tour aux avions, l'Alpinic-Railway ce n'est plus que de la ferraille. Mais tu as bien lu les journaux?

— Oui. C'est bien comme ça, alors?

— Puisque je te le dis.

— Parce que tu sais, les journaux, ils romancent, je les connais.

— Des ruines que c'est. Des ruines.

— Et maintenant?

— Eh bien, j'ai bavardé avec Pradonet, après la « catastrophe », comme il dit. Il veut bâtir à la place un gigantesque palais, où ce sera la foire du rez-de-chaussée au septième étage, sans compter un pylône pour parachutistes qu'on dressera sur le toit. Tu vois s'il en a de l'ambition. Un seul point noir c'est le tombeau. Il veut acheter le terrain et démolir la chapelle, mais il n'y a rien à faire : Mounnezergues ne veut pas vendre.

— Ça c'est bien. Et qu'est-ce qu'il en dit le Pradonet?

— Ça le rend triste.

Ils rirent tous les deux et se mirent à fumer des cigarettes en buvant des petits verres.

— À propos, dit le visiteur, quelqu'un m'a reconnu comme étant le frère de Jojo Mouilleminche.

— Non?

— Si. On m'a dit quelque chose comme ça : je reconnais votre façon de parler, vous ne seriez pas de — attends, de Houilles, et par conséquent le frère de Jojo Mouilleminche?

— Et qu'est-ce que tu as répondu?

— Qu'est-ce que tu voulais que je réponde? J'ai répondu que : oui.

— Et qui est-ce qui te demandait ça?

— La veuve Prouillot.

— Elle a connu Jojo Mouilleminche?

— Oui. Elle a été sa maîtresse.

— La veuve Prouillot?

— Oui. Dans ce temps-là, elle dansait dans une boîte de nuit.

— Dans ce temps-là. Quel temps?

— Il y a une vingtaine d'années de ça.

— Une vingtaine d'années?

Voussois réfléchit longuement.

— Je ne m'en souviens plus.

Il inspectait tout ce qui pouvait en lui se situer à peu près vers cette époque et tâchait d'en exhumer des maîtresses. Recouvertes des cendres aux couleurs variées des saisons, il n'arrivait pas, malgré ses efforts, à découvrir parmi elles une Léonie qui gambillait dans un bastringue.

— Je ne me souviens pas, répéta-t-il.

— Elle, elle se souvient, et bien que tu l'aies plaquée brusquement...

— C'est des choses qui arrivent, dit Voussois.

— ... Elle t'a gardé une grande place dans son cœur. Quand elle parle de toi, elle en est tout émue.

— Ça m'est bien égal.

— Tu ne te rappelles vraiment pas?

— Tu sais, ça doit se placer aux environs de ma chute de cheval. Toute cette période-là est un peu brouillée dans mon esprit. C'était peut-être ma petite amie au moment de mon accident, peut-être aussi que c'est à cause de ça que je l'ai plaquée : sans le vouloir. Mais comme je l'aurais quittée un jour ou l'autre, un peu plus tôt, un peu plus tard...

— En tout cas, dit Crouïa-Bey, elle a bien pleuré lorsque je lui ai annoncé ta mort.

— Laquelle?

— Une que j'ai inventée. Figure-toi que tu es mort dix ans plus tard d'une façon romanesque, en voulant escalader un mur pour rejoindre une jeune fille que tu aimais.

— Ça lui a plu, cette fin de mon existence?

— Oui. Mais la jeune fille, ça l'inquiète maintenant. Elle voudrait bien savoir qui c'était.

— Tu ne lui as pas dit?

— Non. Je n'ai rien trouvé. D'ailleurs, je n'étais pas en Europe à ce moment-là. Je lui ai un peu raconté mes voyages en Afrique.

— Et alors elle a encore le béguin pour moi?

— Exactement.

Voussois se mit à reconsidérer ses amours d'autrefois, sans trouver place pour une Léonie X qui se trémoussait dans un beuglant.

— En tout cas, dit Crouïa-Bey, moi, je vais me coucher.

— Ça a bien marché tes représentations?

— Oui. Très bien. Je suis vanné. Je vais me coucher.

— Bonsoir, dit Voussois.

Et toujours pas moyen pour lui d'évoquer le souvenir d'une petite Léonie qui aurait chahuté dans un caf'conc'. Il se rappelait vaguement avoir été un peu amoureux d'une Lili qui dansait à la Boîte à Dix Sous, près de la République, mais d'une Léonie, non.

Il resta un certain temps à rêver en fumant des cigarettes et en buvant des petits verres. De temps à autre, un oiseau de nuit ululait. Il en élevait pour son plaisir. Il ne cherchait pas à les dresser. Il connaissait la voix de chacun d'eux. Il aurait aimé, une fois mort, qu'ils nichassent près de son tombeau. Et il allait de nouveau penser à l'Uni-Park, lorsqu'on sonne à la porte. Il se lève, et voit par la fenêtre ouverte un camion arrêté devant la grille.

Il y alla.

La lampe à l'entrée éclairait le MAMAR en grosses lettres, qui ornait la camionnette. Voussois l'attendait : Psermis lui avait écrit.

— Ce n'est pas une heure, dit-il au chauffeur.

— Mille excuses, dit Pierrot, j'aurais bien attendu demain matin, mais en fin de compte j'ai mieux aimé régler la chose ce soir. Il faut que je me débarrasse de Mésange. Figurez-vous qu'il veut violer ma fiancée ! J'ai dû l'assommer. Il est dans la bagnole, ligoté. Et puis, il ne pouvait plus supporter que je porte des lunettes. Ça n'allait plus du tout.

— Je m'en fous de votre fiancée, dit Voussois. Ce n'est pas une raison pour abîmer mon bétail.

— Ça se discute, dit Pierrot.

— Et Pistolet ?

— Oh ! celui-là, il est bien brave. Il dort. Le reste de la cargaison s'est bien comporté. Vous les verrez : je les ai bien soignés. Et je vous assure que Mésange, je ne l'ai pas esquinté. Juste un bon coup de bâton sur la coquille. Et sans cette passion qui lui a pris, on s'entendait bien tous les deux.

— Mais votre fiancée, où est-elle ?

— Vous êtes bien curieux, vous, remarqua Pierrot.

— Vous m'avez l'air encore d'un drôle de phénomène, vous. Vous pouviez bien attendre demain matin malgré vos histoires abracadabrantes. Rentrez toujours votre voiture.

Pierrot remonta sur son siège et Voussois ouvrit les portes de la grille d'entrée.

Puis ils déchargèrent la camionnette. Les perroquets se mirent à brailler, et ceux qui savaient parler utilisèrent à bloc leur connaissance des injures humaines. Des collègues, en pension chez Voussois, leur répondirent, et d'autres bêtes. Ce fut un vacarme. Pistolet, réveillé par ce tumulte, reconnut Voussois, et alla lui dire bonjour. Il trouva tout seul une place pour y passer la nuit. Mésange était encore à moitié évanoui ; Voussois le ranima. Ils se serrèrent la main avec attendrissement. Ému par toutes ses aventures, Mésange ne fit aucune difficulté pour aller se coucher dans une cage qui lui parut familière. Pierrot s'était tapi dans un coin pour que sa vue n'excitât point de nouveau la fureur de son compagnon de voyage.

Tous ces travaux terminés, Voussois invita Pierrot à boire un verre avec lui avant de s'aller coucher. Ils s'installèrent dans la salle à manger. La table n'était pas entièrement desservie. Il y avait des taches de vin et de liqueurs sur la nappe. La fenêtre était ouverte sur le parc. Les animaux calmés retournaient au sommeil, sauf les chouettes favorites qui de temps à autre chantaient. Les deux hommes s'assirent vison-visu. Pierrot eut vaguement l'impression d'avoir déjà rencontré ce type-là quelque part.

— Vous avez mis longtemps pour venir ? lui demanda Voussois.

— Je suis parti avant-hier, répondit Pierrot. J'ai passé la nuit à Saint-Flers-sur-Cavaillet, et je suis arrivé ici dans la soirée. Leur camionnette est un tacot, vous savez.

— Ça fait longtemps que vous connaissez Psermis ?

— Une huitaine de jours.

— Seulement? Mais depuis combien de temps êtes-vous au cirque Mamar?

— Une huitaine de jours. Quand on me pose une question comme ça, c'est en général la réponse que je peux faire. Je ne reste jamais beaucoup plus longtemps dans les boîtes où je travaille. C'est pas que j'aime le changement, ça se trouve comme ça. Avant, par exemple, j'étais à l'Uni-Park. Eh bien, j'y suis resté deux jours en tout et pour tout, et pas même deux jours de suite.

— Ça n'a pas brûlé, cet Uni-Park?

— Je veux. Et quel incendie! Je ne l'ai pas vu, mais j'imagine, d'après le peu qu'il en restait, de l'Uni-Park. Des décombres fumants, monsieur. C'était quelqu'un. J'étais sur les lieux le matin même. A propos, c'est ce jour-là que j'ai fait la connaissance de M. Psermis. D'ailleurs il débloquait un peu à ce sujet-là. Il prétendait qu'il avait vu comment ça s'était produit: des avions en flammes qui se seraient détachés de la tour et qui auraient mis le feu aux quatre coins de l'Uni-Park. C'est du délire, non? Les journaux disent que c'est un accident; il faut les croire: qu'est-ce que vous en pensez, monsieur Voussois?

— Moi je m'en moque, dit Voussois.

— Et moi donc, répondit Pierrot.

— Et qu'est-ce qu'il fichait par là, Psermis?

— Mamar est installé sur le terre-plein en face de l'Uni-Park. Vous devez le savoir.

— Vraiment?

— Il me semble.

— Eh bien, revenons un peu à Mésange. Vous savez que vous auriez pu me l'abîmer.

— Je le regrette sincèrement. Tout le début du voyage, ça a marché épatamment. M. Psermis m'avait prévenu qu'il n'était pas commode. Et pourtant on était devenus camarades tous les deux. Mais voilà, j'ai rencontré ma fiancée...

— Ah !

— Oui. Ça vous étonne ? C'est pourtant la vérité. Elle allait faire du camping par ici avec une copine, et figurez-vous qu'elle a démoli son vélo. Je l'ai ramassée sur la route où elle était en panne. Vous n'en auriez pas fait autant ?

— Si.

— Là : vous voyez. Au début, ça marchait très bien. Yvonne — c'est ma fiancée — était gentille avec lui, et lui était aimable avec elle. Je ne vous raconterai pas en détail comment ça s'est gâté, mais juste avant d'arriver ici, il a passé de l'indécence à l'obscénité. Il devenait dangereux. Et puis il voulait m'arracher mes verres. Ça ne me plaisait pas. Enfin il s'est jeté sur Yvonne. Vous pensez si elle a eu peur. Alors je l'ai assommé, votre Mésange, et bien assommé. Pauvre vieux.

— Vous aimez les bêtes ? demanda Voussois.

— Je crois. Mais je n'en ai jamais vu autant et d'aussi près que depuis quarante-huit heures.

— J'espère que vous soignerez bien ceux que vous allez ramener à Psermis.

— Trois chiens, vingt canards, une otarie et un serpentaire, à ce qu'il m'a dit.

— Exact. Vous en avez déjà vu, des serpentaires ?

— Non. Mais M. Psermis m'a expliqué ce que c'est.

— Et qu'est-ce que vous ferez après ? Vous êtes engagé au cirque Mamar ?

— Non. Seulement pour ce petit voyage. Après je ne sais pas. Je chercherai. Un nouveau métier, ça ne me fait pas peur. Mais je ne voudrais pas être paillasse ou monstre. Acrobate, ça m'aurait assez plu. Fil-de-fériste : épatant. Mais je vous embête à vous parler de moi. Excusez-moi. Il est temps d'aller se coucher.

Il vida son verre et se leva. Ainsi fit, peu après, Voussois qui lui demanda :

— Ça vous dirait quelque chose de travailler ici avec moi ? Acclimatation. Élevage. Dressage. C'est un métier que vous pourriez garder toute votre vie. Et intéressant. C'est pour vous une occasion, mieux : une chance. J'ai besoin de quelqu'un en ce moment. Réfléchissez-y.

— Merci bien, dit Pierrot.

— Et vous revenez demain ?

— C'est ça, monsieur Voussois.

Ils sortirent tous les deux. Voussois voulait ouvrir la grande grille.

— C'est pas la peine, dit Pierrot. Si ça ne vous fait rien, je vous laisse la camionnette. Ça m'économisera le garage.

— Ça m'est égal, dit Voussois. Bonsoir. Et j'espère que votre fiancée n'aura plus peur du vilain satyre.

— Je l'espère aussi, dit gravement Pierrot. Bonsoir, monsieur Voussois.

Il lui fallait bien dix pleines minutes pour

regagner le centre de la ville et l'Hôtel de l'Arche où il avait retenu sa chambre. Il aurait donc eu largement le temps de réfléchir à la proposition que venait de lui faire Voussois ; mais il ne lui en fallait pas tant pour se décider, car c'était déjà chose faite. Il apprendrait donc à des singes à se mettre en smoking, à des chiens à faire le saut périlleux en arrière et à des otaries à s'applaudir pour leurs bons tours. Peut-être même parviendrait-il à enseigner à un chat le bel art de jouer du tambour et à un lion le noble sport du patinage à roulettes. En tout cas, il se sentait plein de sympathie pour toute espèce d'animaux, et disposé à les nourrir et à les soigner, tous chacun selon leur espèce. Ayant ainsi décidé (momentanément) de son avenir, il n'en eut que le cœur plus léger pour se livrer à d'autres préoccupations, qui le lui alourdirent, ce cœur qu'il venait de libérer.

Pour amoureux qu'il fût d'Yvonne, il ne s'aveuglait cependant pas au point de ne pas constater qu'elle n'avait aucun désir de coucher avec lui, même par pure bonté d'âme ; outre cela, elle ne l'aimait pas, bien évidemment. C'était comme ça, pas autrement. La preuve en était dans l'enthousiasme avec lequel elle avait accepté de partager la chambre de sa sinistro-manu belle-mère rencontrée par hasard dans une rue de la ville à la recherche d'un hôtel. Pierrot avait donc dû se contenter d'une chambre pour solitaire. Pour passer le temps, il avait conduit ses animaux à leur propriétaire, d'autant plus que la santé de Mésange par lui démoli, n'était pas sans l'inquiéter. Quant à ce que venait faire à Palinsac la sinistromanu belle-mère d'Yvonne, elle ne l'avait pas dit.

Pierrot en était là de ses pensées lorsqu'il entra dans le bourg, et les douze coups de minuit dégoulinèrent alors d'un beffroi du treizième. Un chat traversait parfois la rue toujours déserte; il était souvent gris, et il s'effaçait rapidement, plein de méfiance à la vue du passant.

Pierrot fit un détour et passa devant la gare où il espérait quelque animation; il n'avait pas envie de refermer sur lui la porte morose d'une chambre où ne l'attendait pas la compagne désirée. Mais les trains étaient déjà tous partis ou arrivés, et les cheminots n'en attendaient plus d'autres avant potron-minet. Tout dormait maintenant et seul veillait peut-être encore quelque aiguilleur ou quelque télégraphiste peu soucieux de donner à cette partie de la ville la physionomie pittoresque qu'en exigeait Pierrot. Les cafés à l'entour avaient depuis longtemps couché sur leurs tables de marbre leurs chaises tendrement rabotées par des derrières peu soucieux de voyages.

Pierrot revint lentement vers son hôtel. Il entendait ses pas.

Le veilleur de nuit vint lui ouvrir. Il portait des bretelles.

— Bonsoir, dit Pierrot. Je boirais bien un verre.

— Difficile, dit le bonhomme. La limonade est fermée. Mais ça ne fait rien, je vous dégoterai du liquide dans un coin. Je ne refuserais pas un verre d'eau à un chien.

— Un vin blanc me dirait quelque chose, dit Pierrot.

— Suivez-moi.

Il alluma dans le café désert, où le mobilier dormait. C'était balayé, mais il y manquait encore le son du petit jour.

— Alors : je vous sers un vin blanc ? demanda le veilleur de nuit.

— Oui, je veux bien, dit Pierrot en regardant distraitement un objet minuscule quelque part dans le tableau.

— Monsieur a l'air rêveur, dit le veilleur de nuit.

— C'est pas mon genre, dit Pierrot. Mais ça m'arrive souvent de ne penser à rien.

— C'est déjà mieux que de ne pas penser du tout, dit le veilleur de nuit. Il est bon, mon vin blanc ?

— Pas plus mauvais qu'un autre.

— Quand on voit des gens de votre âge avec la gueule que vous faites, on dit en général qu'ils ont des peines de cœur.

— Vous croyez ? C'est vrai pour moi : dans le cas présent. C'est ça qu'est le plus fort.

— Vous avez beaucoup de peine ?

— Oh ! oui. Beaucoup. Naturellement je peux pas vous mesurer ça.

— Non bien sûr. Moi aussi j'en ai eu dans le temps jadis. Ça fait mal, hein ?

Le téléphone sonna. Le veilleur y alla, y parla, revint.

— Ce sont, dit-il, les deux dames du 15 qui demandent des citronnades.

— Faites-en une troisième pour moi, dit Pierrot, et je les monterai.

— Mais ce n'est pas possible !

Pierrot estime à cent sous la conscience du veilleur de nuit, et c'est ce qu'il lui donne comme pourboire ; aussi, put-il porter les consommations demandées aux dames du 15. Il s'arrêta devant la porte, écouta : on bavardait. Il toqua, on lui répondit d'entrer ; ce qu'il fit.

Yvonne était déjà couchée. Mme Léonie Prouillot, enveloppée dans une robe de chambre sino-japonaise, était assise jambes croisées dans un fauteuil, et fumait un cigarillo.

— Eh bien, dit Léonie, qu'est-ce qui vous prend ? Vous vous êtes engagé ici comme veilleur de nuit ?

— Oh ! non.

Il distribua les rafraîchissements et posa son verre sur un petit guéridon près duquel il s'assit.

— Vous vous êtes débarrassé de vos bêtes ? demanda Yvonne.

— Oui, je vais chercher les autres demain.

Léonie l'examina.

— Qu'est-ce que vous avez comme instruction ?

Pierrot la regarda sans bonhomie.

— Je ne suis pas plus noix qu'un autre, répondit-il.

Sans relever l'impertinence, Léonie continua l'interrogatoire.

— Vous connaissez Petit-Pouce ?

— Celui de l'Uni-Park ? Bien sûr.

— Et qu'est-ce que c'est que ce garçon-là ?

— Quelqu'un, dit Pierrot, que vous avez chargé d'une mission confidentielle.

— Comment savez-vous ça ? s'exclama Léonie.

Elle était confondue.

— Je vous l'ai déjà dit, répliqua Pierrot, je ne suis pas plus noix qu'un autre. Alors, avouez-moi tout !

— Racontez-lui donc vos anciennes amours, Léonie, dit Yvonne épatée par l'intelligence soudaine de Pierrot.

— Écoutez, dit Léonie à Pierrot, il ne s'agit pas de faire des confidences. Mais voilà ce qui m'occupe : je voudrais savoir ce qu'est devenue une jeune fille qui a été, il y a environ dix ans, la cause d'une mort tragique. La chose s'est passée ici, à Palinsac. Petit-Pouce devait me retrouver cette jeune fille. Je lui ai avancé des sous pour ça. Il est parti il y a une huitaine de jours ; ma foi, c'était la veille de l'incendie. Quarante-huit heures après il m'a télégraphié qu'il partait pour Saint-Mouézy-sur-Eon, où il espérait la retrouver. Depuis, pas de nouvelles ; et je lui avais donné huit jours pas plus pour cette petite expédition. Comme je vois qu'il m'a escroquée, je viens ici pour faire moi-même mon enquête. Vous pourriez peut-être m'aider. Je vous paierais l'hôtel et les repas et je vous donnerais dix francs pour votre argent de poche.

— Je dois repartir demain pour Paris, dit Pierrot. Je regrette infiniment, madame.

— Lâchez donc vos bestiaux.

— Non, madame.

Il but une partie de sa citronnade ; il trouvait ça d'un mauvais.

— C'est bon, dit Léonie, mais alors ce n'était pas la peine de me faire raconter tout ça.

— Elle ne veut pas vous dire, dit Yvonne à Pierrot, que ce garçon qui s'est tué, elle était amoureuse de lui. Et il l'a plaquée, dix ans auparavant.

— Mais, demanda tout à coup Pierrot à Léonie, pourquoi ne vous y intéressez-vous seulement que maintenant ?

— Parce que je ne sais tout ça que depuis quelques jours, répondit Léonie.

— C'est le fakir qui le lui a appris, dit Yvonne, Crouïa-Bey.

— Il lui a dit la bonne aventure ? demanda Pierrot.

— Mais non ! C'est le propre frère du type en question.

— En voilà une histoire, dit froidement Pierrot.

— De l'histoire ancienne, même, dit Léonie. Vingt ans, vous vous représentez ce que c'est, jeunes gens ?

— C'est à peu près le nombre d'années qui me séparent de ma première communion, dit Pierrot.

— Sans blague, dit Yvonne, vous avez l'air jeune. On ne vous les donnerait pas.

— Vous avez trente ans, vous ? demanda Léonie.

216

— Enfin, vingt-huit, répondit Pierrot.

Mais l'âge de Pierrot n'intéressait pas Léonie.

— Demain, dit-elle, je commence mon enquête. Et toi, demanda-t-elle à Yvonne, qu'est-ce que tu fais ?

— Je vais rester avec vous deux ou trois jours pour voir comment vous allez vous y prendre. Si ça ne vous gêne pas. Après je continuerai mon voyage. Je ne sais pas ce que sont devenus mes camarades.

— Moi, dit Pierrot, je repars demain.

— Avec votre bétail ? demanda Yvonne.

— Oui, je crois que cette fois-ci j'aurai une otarie et un serpentaire.

— Le petit sanglier était bien gentil, dit Yvonne, mais le singe, quel cochon !

— Il ne s'est rien passé entre vous ? demanda soudain Léonie.

— Entre qui ? demanda Yvonne. Entre le singe et moi ?

— Mais non, idiote. Entre toi et Pierrot.

— Oh ! non, madame, dit Pierrot.

Il rougit.

— On vous verra demain ? lui demanda Léonie.

— Je veux bien. Voulez-vous qu'on prenne l'apéritif ensemble.

— Convenu.

— Et réfléchissez encore à ma proposition, dit Léonie.

Le matin, Pierrot alla voir Voussois, mais il ne trouva qu'Urbain, l'un des employés, qui lui dit de revenir à deux heures, que tout alors serait prêt pour le départ. Il lui fit visiter le Parc, et lui présenta non seulement les sujets à ramener à Paris, c'est-à-dire les trois chiens Fifi, Mimi et Titi, tous des fox capables de faire le saut périlleux en arrière, de présenter les armes et d'effectuer une addition de deux chiffres lorsque suffisamment aidés, les vingt canards dressés à courir en rond et à traverser à la nage de petites mares placées sur leur trajet ; l'otarie jongleuse comme il se doit, par ailleurs d'une intelligence médiocre et surtout désireuse de consommer du poisson en grandes quantités (Pierrot serait amplement pourvu de cette denrée pour la durée du voyage), au fait on nommait cette otarie Mizzy ; et enfin Marcel le serpentaire, un gaillard à trois plumes venu d'Abyssinie exprès pour pacifier les basses-cours, mais encore les autres animaux que Voussois était en train de dresser, et ceux qu'il n'avait pu dresser, et ceux qu'il n'avait pas l'intention de dresser, mais dont il faisait cependant commerce, ou qu'il acclimatait simplement pour l'amour de l'art ou par pure sympathie. Pierrot aperçut aussi, étendu sur une chaise longue, Crouïa-Bey qui prenait un bain de soleil. Il le reconnut fort bien, et s'étonna. Le domestique interrogé lui répondit que c'était là le frère de M. Voussois, trappeur professionnel et attrapeur distingué d'animaux, et qui avait voyagé en maints pays. Pierrot n'insista pas.

Il passa là sa matinée, et il songeait que vivre au milieu de ces bêtes devait être assez sympathique. Il était de plus en plus décidé à accepter la proposition de Voussois, qu'il n'attendit pas plus longtemps lorsqu'il vit s'avancer le premier coup de midi.

Au café qui occupait le rez-de-chaussée de son hôtel, il retrouva Yvonne et Léonie qui buvaient des vermouths cassis, en s'éventant. Il en demanda un aussi, et mit dans son verre un grand morceau de glace qu'il regardait fondre.

— Et cette enquête, madame Pradonet, demanda-t-il à Léonie, ça boume ?

— Je n'ai pas eu le temps de faire grand-chose, répondit-elle. J'ai été à la mairie, mais on n'a pas retrouvé trace du décès d'un nommé Mouilleminche. Le secrétaire, qui est un vieux Palinsacois, n'a jamais entendu parler d'une mort comme la sienne. Au journal local non plus : j'y suis allée.

— C'est drôle, dit Pierrot.

— Vous ne trouvez pas ?

— Mais si. Ça n'a pas l'air facile.

— Non. Et naturellement dans les deux endroits on m'a dit qu'il était déjà passé quelqu'un qui avait posé les mêmes questions.

Petit-Pouce, ainsi évoqué, se manifesta aussitôt sous la forme d'un télégramme apporté par le portier de l'hôtel.

— On me l'a fait suivre de Paris, dit Léonie. Ça alors, c'est drôle. Écoutez-moi ça : « Suis sur la bonne piste. Prière envoyer mille francs supplémentaires. Poste restante, Saint-Mouézy-sur-Eon », signé « Petit-Pouce ».

— Il a été plus malin que vous, dit Yvonne.

— Je cours lui envoyer ses mille balles, dit Léonie avec enthousiasme.

— La poste va être fermée, remarqua Pierrot.

— C'est vrai, dit Léonie qui se rassit.

— Saint-Mouézy-sur-Eon ? fit Pierrot en se mettant à réfléchir. Mais j'y suis passé pour venir ici...

— Bien sûr, dit Yvonne, c'est sur la R.N. X bis. Moi aussi j'y suis passée.

— C'est vrai, dit Pierrot froidement.

Yvonne le regarde avec curiosité. Il ne broncha pas.

— Je me demande ce qu'il a bien pu découvrir, dit Léonie qui apprend par cœur le télégramme de Petit-Pouce.

Elle rêve.

— Tiens, dit Pierrot, pour ne pas laisser tout à fait mourir la conversation, j'ai rencontré quelqu'un de connaissance ce matin chez Voussois. J'étais un peu épaté de le voir là.

— Ah ! dirent les deux femmes.

— Vous ne devineriez pas qui ?

— Gontran ! s'exclama Yvonne.

Et en effet Paradis descendait de bicyclette, juste devant eux.

— C'est un de mes copains de camping, expliquait Yvonne à Léonie. Il m'a retrouvée.

Paradis, très surpris de voir là Pierrot et la patronne, n'osait pas trop avancer.

— Venez donc, lui cria Yvonne.

Il s'approcha.

— Et les copains ? lui demanda-t-elle.

— Quels copains? demanda-t-il en retour. Il était encore un peu éberlué.

— Idiot. Nos camarades de camping.

— Ah! oui, fit-il, ah! oui. Ils nous attendent.

— Prenez donc un verre avec nous, proposa rondement Léonie.

Pierrot et lui se serrèrent la main.

— Je ne m'attendais pas à te trouver là, dit Paradis.

— On rencontre tout le monde ici, dit Pierrot.

— Sauf la jeune fille que je recherche, dit Léonie. Et qui a peut-être cinq enfants maintenant.

— Ce serait bien étonnant, dit Pierrot.

Il vit alors Voussois qui se dirigeait vers eux. Quelques secondes plus tard, Léonie tombait évanouie dans ses bras.

ÉPILOGUE

C'était ce matin-là dimanche, et l'inaugura-
tion du Jardin Zoophilique de Chaillot. Aussitôt éveillé, Pierrot se souvint qu'il avait résolu
d'aller voir l'ouverture du Parc Voussois, qui,
sur l'emplacement du défunt et incinéré Uni-
Park, proposait mille bêtes rares ou curieuses
à l'attention du public, un an, presque jour
pour jour, après l'incendie qui avait détruit les
baraques et manèges que Pradonet réunit
autrefois là pour le plaisir des provinciaux, des
voyous et des philosophes.

Pierrot mit quelque temps avant de se décider
à se lever ; il devient flemmard en vieillissant. Il
entendait les chants religieux s'évaporer lentement du couvent. Un voisin mit en marche une
radio qui gueula. Dans la rue, là-bas, la paisible
rumeur des automobiles. Le soleil commence à
ramper le long du balcon.

Lorsqu'il fut hors du lit, Pierrot fit un brin
de toilette et descendit boire son café, qu'il fit
arroser : une habitude qu'il avait prise. Puis il
remonta dans sa chambre. Comme, par contre,
il ne jouait plus aux courses et que, par consé-

quent, il n'achetait plus La Veine, il mettait maintenant ses pieds sur la couverture, qu'il usait. Il fuma deux ou trois cigarettes, somnola, fit défiler des souvenirs.

Il passait la revue des types qu'il avait pu connaître au temps de l'Uni-Park ; il y en avait dont il oubliait déjà les noms ; il ne se souvenait bien que de Mounnezergues, un personnage sympathique dont il aurait pu devenir l'héritier... s'il avait fallu croire ce qu'il racontait, le Mounnezergues. Pierrot n'était jamais retourné le voir, même pour le remercier de lui avoir procuré un petit voyage aux frais du cirque Mamar ; il avait alors trouvé de l'occupation à l'autre bout de Paris ; et, du côté de la porte d'Argenteuil, il n'y avait plus Yvonne, qui se dévergondait sous des tentes imperméables à l'abri de ciels trop bleus. Quant à Voussois, après tout, dresser, encager des bêtes ne lui disait rien, à Pierrot.

Une sorte de courant l'avait déporté loin de ces rencontres hasardeuses où la vie ne voulait pas l'attacher. C'était un des épisodes de sa vie les plus ronds, les plus complets, les plus autonomes, et quand il y pensait avec toute l'attention voulue (ce qui lui arrivait d'ailleurs rarement), il voyait bien comment tous les éléments qui le constituaient auraient pu se lier en une aventure qui se serait développée sur le plan du mystère pour se résoudre ensuite comme un problème d'algèbre où il y a autant d'équations que d'inconnues, et comment il n'en avait pas été ainsi, — il voyait le roman que cela aurait pu faire, un roman policier avec un crime, un coupable et un détective, et les engrènements voulus entre les différentes aspérités de la démonstration, et il voyait le roman que cela avait fait, un roman si dépouillé d'artifice qu'il n'était point possible de savoir s'il y avait une énigme à résoudre ou s'il n'y en avait pas, un roman où tout aurait pu s'enchaîner suivant des plans de police, et, en fait, parfaitement dégarni de tous les plaisirs que provoque le spectacle, une activité de cet ordre.

Pierrot essuya les verres de ses besicles, regarda l'heure à un oignon, écrasa le tison de sa cigarette sur le marbre de la table de nuit, dont il utilisa aussitôt après le pot, bien qu'il fût près de midi. Il alla prendre l'apéritif à un petit café dont la tranquille terrasse s'articulait à l'angle de deux rues. Puis il déjeuna dans un restaurant, petit aussi, presque aussi petit que le café. Et puis il se dirigea lentement, calmement vers la porte d'Argenteuil. Il croisa des familles trines et endimanchées, des militaires en permission, des petites bonnes loin des plumeaux et des fourneaux. Il s'arrêtait aux boutiques : il aimait toujours ça. Les automobiles, les vélocipèdes, les timbres-poste, il les examinait avec la sévérité du connaisseur dégagé de tous les soucis de la possession, mais avec la satisfaction que donne ce désintéressement. Il passa devant le magasin de roulements à billes, et il eut le plaisir de retrouver les petites sphères d'acier décrivant encore leurs impeccables trajectoires.

Il approchait de la porte de Chaillot. Il y avait

par là une sorte de brouillard : c'était une foule qui piétinait l'asphalte ou pulvérisait des graviers. On faisait queue pour entrer au Jardin Zoophilique. Pierrot, dégoûté, regardait la cohue et ne s'y voulait mêler. Comme il complétait son tour d'horizon par l'inspection du trottoir sur lequel il était resté, il aperçut s'épaulant contre un réverbère un homme qu'il crut reconnaître. Il le dépassa, le contourna, le dévisagea, l'interpella. «Bonjour, monsieur Pradonet», furent les paroles subséquentes à cet examen.

— Bonjour, monsieur, dit Pradonet d'une voix douce.

— Vous ne me reconnaissez pas ? demanda Pierrot.

— Ma foi non, répondit Pradonet d'un ton bénin, je ne vous remets pas. Faut pas m'en vouloir, mais j'ai tellement rencontré de gens dans ma vie...

— Je vous comprends. Et puis, vous m'avez peut-être vu trois ou quatre fois. J'ai travaillé à l'Uni-Park...

— Ah !... l'Uni-Park... soupira Pradonet.

— Pas longtemps, c'est vrai. Vous ne vous souvenez pas, un jour, je vous ai joué un tour... vous êtes tombé en arrière dans une auto électrique...

— Ah ! s'écria joyeusement Pradonet, si je m'en souviens ! Vous m'avez eu ce jour-là. Mais le lendemain j'ai eu ma revanche : je vous ai fait jeter à la porte parce que vous faisiez du plat à ma fille Yvonne. Ah ! c'était le bon temps !

— On prend un verre ensemble? proposa Pierrot.

— Merci. J'ai mal au foie, et le vichy-fraise me débecte. Marchons un peu, on causera.

Il l'entraîna du côté de l'avenue de la Porte-d'Argenteuil, et ils se dirigèrent dans la direction de la Seine. Tout d'abord Pradonet ne dit rien.

— Et Mlle Yvonne? demanda Pierrot en serrant de près sa respiration.

— Elle est mariée à un de vos anciens copains je crois, un sieur Paradis.

— Ah! oui?

— Ça vous fait quelque chose? demanda Pradonet. Elle vous avait chaviré le cœur, hein? Bah! vous savez, il y en a eu tellement, il y en a eu tellement... Vous voulez la voir? Tenez là-bas à cette caisse, c'est elle. Car elle m'a plaqué pour travailler avec Voussois.

Pierrot fit semblant de regarder, mais il ne voulut pas voir. Il y avait bien une guérite devant laquelle se bousculaient des bonnes gens : il fixa autre chose, ailleurs, au-dessus, oui là-bas, une feuille d'arbre tout à l'extrémité d'une branche, celle-là plutôt qu'une autre...

Par-dessus les murs du Jardin Zoophilique, par-dessus la tête des curieux, s'envola le rugissement d'un lion puis le barrissement d'un éléphant. Des oiseaux divers chantèrent chacun suivant son langage.

— Oui, reprit Pradonet, c'était le bon temps.

Comme ils passaient au coin de la rue des Larmes, Pierrot se tut.

— Je ne sais pas d'ailleurs, continua Pradonet, pourquoi je vous raconterais mes malheurs.
C'est trop long. En un mot, sachez qu'ils m'ont
chassé. Qui « ils » ? Mme Prouillot, qui était mon
amie et M. Voussois, le dresseur d'animaux
qu'elle retrouva, sur les indications d'un fakir,
dans une petite ville de province. Oui, monsieur, il l'avait plaquée vingt ans auparavant, et
vingt ans après il revient la cueillir — comme
une fleur. Et ces deux amoureux pleins de tant
de constance n'ont ensuite rien de plus pressé
que de fomenter une sombre combinaison
financière, juridique et commerciale pour m'in-
terdire toute possibilité de fonder un nouvel et
plus bel Uni-Park, moralement appuyés, oui
monsieur, et soutenus par la malencontreuse,
oui monsieur, fatidique et prodigieusement singulière présence d'une chapelle poldève où
reposent les os d'un certain prince Luigi.

— Je vous ai rencontré un jour chez
M. Mounnezergues, dit Pierrot pour montrer
qu'il s'intéressait à la conversation.

— Vous le connaissiez ? demanda poliment
Pradonet.

— Un peu.

— Comme c'est curieux, dit Pradonet. Et le
tombeau, vous le connaissez aussi alors ?

— Je veux, répondit Pierrot.

— Et moi donc, gémit Pradonet, si je le
connais… Sans lui, j'aurais édifié sur ces lieux
un Palace de la Rigolade comme il n'en existe
en aucune partie du monde. Ah ! on s'en serait
payé ! du haut en bas des sept étages que j'avais

prévus. Tous les jeux y auraient figuré, toutes les farces, toutes les attrapes, toutes les mystifications, toutes les attractions, tous les passe-temps... D'un bout de l'année à l'autre, et du milieu du jour au milieu de la nuit, des foules entières s'y seraient précipitées dans des agitations sans bornes provoquant soit le rire, soit la lubricité. Elle aurait poussé, cette foule, des clameurs si joyeuses que le tonnerre de mes haut-parleurs n'aurait pu les couvrir... Et il a fallu qu'un prince poldève soit venu mourir vingt ans plus tôt sur cet emplacement! Et il a fallu qu'un mouleur de cire se soit voué à la paix de ses cendres! Cette chapelle, monsieur, était une mine creusée sous mes châteaux en Espagne. Pif, paf, poum, un vilain jour, tout a sauté. J'étais sans défense devant les funestes complots de mon perfide adversaire. Puisque je ne pouvais réaliser dans sa perfection ce baby-lonien édifice que je voulais créer, sacré nom de nom, que tout soit foutu, que Voussois épouse la veuve Prouillot et qu'il fasse aborder sur les terrains calcinés de ce qui fut l'Uni-Park sa bénigne arche de Noé. Je n'ai même pas voulu résister, non, monsieur, je n'ai même pas voulu... Ah! monsieur, ah! monsieur, ah!... Ce Voussois, il n'a pas été gentil avec moi... Il m'a bien contrarié... Ah! monsieur, ah!...

Il ouvrit deux ou trois fois de suite la bouche sans proférer un son, semblable au poisson qui meurt au fond des barques, puis il poussa une sorte de long mugissement et s'effondra dans les bras de Pierrot en sanglotant bien fort. Pierrot dut le tenir ainsi quelques instants avant qu'il se calmât ; ils marchèrent ensuite en silence jusqu'à la rue du Pont et là, se séparèrent.

— Me voilà presque arrivé, dit Pradonet avec assez de calme. J'habite maintenant dans cette rue, chez ma femme, ma légitime. Mais toutes ces petites histoires ne doivent pas beaucoup vous intéresser et vous êtes bien bon, monsieur, d'avoir consenti à écouter si longtemps les bafouillages d'un couillonné. Au revoir, monsieur, et merci.

Il y eut une grande poignée de main, et Pierrot ne vit plus dans la rue déserte que le dos de Pradonet qui se dirigeait lentement vers l'épicerie-mercerie de son épouse retrouvée, et Pierrot revint alors vers Paris, et, comme il passait de nouveau dans la rue des Larmes, il s'en alla de ce côté. La chapelle existait toujours, baignant dans autant d'oubli, autant de discrétion. Les échafaudages de l'Alpinic-Railway ne l'obombraient plus. Quelques rochers constituent maintenant son voisinage, et de la rue même, on y voyait parfois courir des cynocéphales papions ; Pierrot se souvint de son ami Mésange qui devait, confiné entre de solides barreaux, faire sans doute la joie de primates bavards en complet veston ou en culottes courtes.

La maison d'en face n'avait en rien changé. Pierrot se souvint de son ami Mounnezergues qu'il n'avait pas vu depuis bien longtemps. Il regarda le petit square qui entourait le tombeau du prince Luigi, et il lui sembla qu'il était moins bien entretenu (soigné) qu'autrefois. Il traverse

aussitôt la rue et sonne à la porte de Mounnezergues, et la sonnette ne tinta pas. Il s'éloigna.
Il fit quelques pas, puis revient sur leur trace.
Sonne de nouveau, de nouveau silence. Mais il
comprit, Pierrot, que s'il devait jusqu'au bout
jouer son rôle dans cette histoire, il lui fallait
passer outre, et entrer.

Ce qu'il fit.

Car la porte n'était pas fermée à clef. Il
remarqua que la sonnette avait été décrochée.
La maison étant parallèle au jardin et son
entrée médiane, Pierrot passa devant l'une des
fenêtres du rez-de-chaussée. Elle était ouverte :
il y avait de l'autre côté Mounnezergues som-
meillant dans un fauteuil d'osier. Pierrot le
regardait depuis quelques instants dormir lorsqu'il lui vint soudain l'idée que l'autre était en
train de trépasser. Il fut pris de panique, et cria
«monsieur Mounnezergues! monsieur Mounnezergues!» Et M. Mounnezergues ouvrit les
yeux, reconnut Pierrot et sourit. Il lui fallut
quelque temps pour concentrer les forces suffi-
santes pour ouvrir la bouche, plus de temps
encore pour proférer quelques sons.

— C'est bien vous, murmura-t-il, c'est bien
vous le jeune homme qui êtes venu me voir
plusieurs fois l'année dernière ?

— Oui, monsieur.

— Vous aviez été à Palinsac conduire des
animaux refusés par Psermis ?

— C'est cela.

— Pourquoi n'êtes-vous jamais venu me
revoir ? Vous m'étiez sympathique.

230

— J'ai trouvé du travail à l'autre bout de Paris; et puis j'avais mes raisons pour ne pas revenir dans le coin. Ça me rappelait des choses.

— Chagrins d'amour?

— Oui, monsieur. C'était la fille à Pradonet.

— Ah!... Pradonet...

Pause.

— Je viens de le revoir, dit Pierrot.

— Il vous a raconté ses malheurs? demanda Mounnezergues.

— Oui, monsieur. Et comment Voussois l'avait dépouillé de son Uni-Park. Et comment...

— Je sais, je sais, interrompit Mounnezergues.

— On ne peut pas dire qu'il vous en veuille.

— Je sais. Vous pensez bien que je l'ai revu.

Il sourit.

— Maintenant, dit-il, le repos du prince Luigi ne sera plus troublé par le sabbat de l'Uni-Park, le hourvari obscène de ses haut-parleurs, le fracas répugnant de ses attractions. Je meurs satisfait.

Il ferma les yeux pendant quelques instants.

— Entrez donc, reprit-il, et donnez-moi de quoi écrire.

— Oui, monsieur.

Pierrot entre et lui donne de quoi écrire; il lui fallut chercher ces ustensiles dans un fouillis d'objets. Ça devenait taudis chez Mounnezergues. Qui remarqua ce sentiment chez Pierrot.

— Je vis absolument seul, dit-il. Notez bien cela, car c'est très important pour la suite.

Pierrot installe une table devant Mounnezergues, avec plume, encre, papier, buvard.

— Ceci, dit Mounnezergues en écrivant, ceci n'est pas mon testament. Mon testament est déjà fait et déposé chez un notaire. Ceci est un codicille. Je vous désigne comme mon héritier. Mais je ne sais même pas comment vous vous appelez.

— Pierrot, lui dit Pierrot.

— Naturellement, dit Mounnezergues, vous n'obtiendrez cet héritage qu'à une condition : vous me remplacerez ici, et vous deviendrez le gardien de la chapelle.

— Oui, monsieur.

— Et vous veillerez à ce que mes obsèques se passent conformément aux prescriptions que je laisse. Je vous préviens tout de suite que je veux être inhumé à côté des princes poldèves que j'ai si bien servis. Vous vous débrouillerez pour obtenir l'autorisation de la Ville de Paris. Demain vous porterez cette lettre à mon notaire. L'adresse est dessus.

— Bien, monsieur.

Il ne voulait pas lui faire de la peine.

— Vous pouvez me laisser maintenant, dit Mounnezergues.

— Mais… dit Pierrot.

— Non, non, je n'ai besoin de personne. Fermez cette fenêtre simplement, et revenez demain ou après-demain voir si je suis mort. J'aime autant être seul pour procéder à cette transformation. Adieu, mon jeune ami, et merci.

Pierrot lui serra la main, une main déjà sans consistance, et il se retira en fermant doucement les portes derrière lui.

Il y avait un peu moins de monde devant le Jardin Zoophilique, mais Pierrot n'avait pas du tout envie d'y entrer. Il ne voulut même pas repasser devant la guérite où travaillait Yvonne. Il préfère aller au cinéma.

Le lendemain, lorsqu'il voulut porter la lettre de Mounnezergues au notaire, il s'aperçut qu'il l'avait perdue ; ou plutôt, qu'il l'avait oubliée chez Mounnezergues. Probablement. En tout cas, le codicille était en panne quelque part. Pierrot hésitait à retourner le jour même chez Mounnezergues, qui, s'il était encore vivant, allait peut-être trouver cet empressement à constater sa mort peu décent ; et, s'il avait trouvé la lettre, lui reprocher sa négligence ?

Pierrot n'y alla donc que le mardi. Il voulut ouvrir la porte. Mais elle était fermée. Il tira sur la sonnette qui sonna. On l'avait donc raccrochée ? Même mieux, on vint ouvrir.

— Pardon, madame, dit Pierrot.

Il s'interrompit. C'était Yvonne. Il reprit avec un sourire aimable :

— Je crois, madame, que nous nous sommes déjà rencontrés. Vous souvenez-vous de Palinsac et de Saint-Mouézy-sur-Eon ?

— Ah ! mais oui... Vous étiez le chauffeur du camion qui m'a ramassée sur la route ?

— C'est ça même.

— Très heureuse de vous revoir, monsieur...
monsieur... comment donc?

— Pierrot.

— Et qu'est-ce que vous désirez, monsieur
Pierrot?

— Je venais prendre des nouvelles de
M. Mounnezergues.

— M. Mounnezergues? s'exclama Yvonne.
M. Mounnezergues? Vous le connaissez donc?

— Oui, madame.

— Mais c'est qu'il est parti se reposer à la
campagne. Il était un peu souffrant ces derniers temps. Vous voulez que je lui fasse une
commission de votre part?

Bien qu'Yvonne tînt la porte moitié fermée
sur elle, Pierrot pouvait deviner dans le jardin
une activité qui lui parut être du nettoyage en
grand. Et dans deux grosses poubelles non
encore ramassées par les boueux, il aperçut des
brimborions brisés, un bric-à-brac en morceaux; dans l'une même, une main de cire.
Yvonne portait autour de la tête le turban des
ménagères sages. Et elle lui demandait s'il y
avait une commission pour Mounnezergues.

— Ma foi non, dit-il.

Il regarda autour de lui. La chapelle se dorait
au soleil et les arbres du petit square fris-
sonnaient doucement. Un animal grogna, de
l'autre côté du mur. La remorque du garage du
coin — où fut le café Posidon! — ramenait une
grand-sport amochée. Les volets des fenêtres
de la maison de Mounnezergues qui donnaient
sur la rue étaient agressivement fermés.

— Ma foi non, répéta Pierrot.

— Repassez un peu plus tard, dit Yvonne. Dans un mois, deux mois.

— C'est ça, dit Pierrot. C'est ça. Au revoir, madame.

— Au revoir, monsieur Pierrot. Je dirai à M. Mounnezergues que vous êtes venu prendre de ses nouvelles.

— C'est ça, dit Pierrot. Au revoir, madame.

Elle referma la porte.

Après un dernier regard sur les deux poubelles, Pierrot s'en alla.

Arrivé au coin de la rue, il s'arrêta. Il se mit à rire.

Composition Interligne
et impression Bussière Camedan Imprimeries
à Saint-Amand (Cher), le 20 février 2003.
Dépôt légal : février 2003.
1ᵉʳ dépôt légal dans la collection : novembre 1972.
Numéro d'imprimeur : 031014/1.

ISBN 2-07-036226-4./Imprimé en France.

123133